ROBIN HOOD

ADAPTAÇÃO DA VELHA LENDA INGLESA

Título original: *Robin Hood*
Copyright © Editora Lafonte Ltda. 2021

Todos os direitos reservados.
Nenhuma parte deste livro pode ser reproduzida por quaisquer meios existentes sem autorização por escrito dos editores e detentores dos direitos.

Direção Editorial   *Ethel Santaella*

REALIZAÇÃO

GrandeUrsa Comunicação

Direção   *Denise Gianoglio*
Tradução e Adaptação   *Monteiro Lobato*
Revisão   *Diego Cardoso*
Capa, Projeto Gráfico e Diagramação   *Idée Arte e Comunicação*

Em respeito ao estilo do tradutor, foram mantidas as preferências ortográficas do texto original, modificando-se apenas os vocábulos que sofreram alterações nas reformas ortográficas.

Dados Internacionais de Catalogação na Publicação (CIP)
(Câmara Brasileira do Livro, SP, Brasil)

```
Lobato, Monteiro, 1882-1948
    Robin Hood / [adaptação e tradução Monteiro
Lobato]. -- 1. ed. -- São Paulo : Lafonte, 2021.

    Título original: Robin Hood
    ISBN 978-65-5870-078-4

    1. Ficção - Literatura infantojuvenil 2.
Literatura infantojuvenil I. Título.

21-59588                                    CDD-028.5
```

Índices para catálogo sistemático:

1. Literatura infantil 028.5
2. Literatura infantojuvenil 028.5

Aline Graziele Benitez - Bibliotecária - CRB-1/3129

Editora Lafonte
Av. Profª Ida Kolb, 551, Casa Verde, CEP 02518-000, São Paulo-SP, Brasil
Tel.: (+55) 11 3855-2100, CEP 02518-000, São Paulo-SP, Brasil
Atendimento ao leitor (+55) 11 3855- 2216 / 11 – 3855 - 2213 - atendimento@editoralafonte.com.br
Venda de livros avulsos (+55) 11 3855- 2216 - vendas@editoralafonte.com.br
Venda de livros no atacado (+55) 11 3855-2275 - atacado@escala.com.br

ROBIN HOOD

por Monteiro Lobato

Brasil, 2021

N. C. Wyeth . 1917

Robin Hood vira bandido	7
Robin Hood encontra-se com João Pequeno	27
Como Robin, transformado em carniceiro, entrou para o serviço do xerife	35
Como João Pequeno entrou para o serviço do xerife	47
Como o xerife perdeu três serviçais e os encontrou de novo	59
Como Robin encontrou Will Scarlet	71
Aparece Frei Tuck	81
Como o desejo de Allan foi satisfeito	93
Como os três filhos da viúva foram salvos	107
Como se comportou certo mendigo	117
Como Robin se bateu com Guy de Gisborne	127
Como Marian apareceu na floresta e Robin foi parar na corte da Rainha Eleanor	141
Como Robin se comportou no torneio do Rei	155
Como Robin conquistou um funileiro	173
Como Robin foi curtido por um curtidor	187
Como Robin encontrou Sir Richard de Lea	197
Como o bispo foi obsequiado	211
Como o bispo se meteu na captura dos bandoleiros	219
Como o xerife os atacou novamente	227
Como Stuteley foi salvo	235
Como Sir Richard pagou sua dívida	247
Como o Rei Ricardo foi ter à Floresta de Sherwood	255
Como Robin e Marian contraíram casamento	271
Como Robin Hood chegou ao fim	281

CAPÍTULO

I

N. C. Wyeth . 1917

ROBIN HOOD VIRA BANDIDO

Na velha Inglaterra do rei Henrique II e seu filho Ricardo Coração de Leão, os reis dispunham de florestas reservadas, onde só eles podiam caçar — e, sob pena de morte, ninguém mais. Eram tais florestas guardadas por homens de grande poder, o mesmo poder atribuído nas cidades aos xerifes e nas dioceses aos bispos.

Perto das cidades de Nottingham e Barnesdale, estendia-se a Floresta de Barnesdale, a maior de todas as reservadas aos reis. Chamava-se Hugo Fitzooth o chefe dos seus guardas, casado e pai do pequeno Roberto, o futuro Robin Hood. Nascido em Lockesley, em 1160, era por isso frequentemente chamado Rob de Lockesley. Lindo rapaz, alegre e vivo, cujo maior prazer breve se tornou acompanhar o pai em suas excursões pelas matas. Deu-se ao esporte do tiro com flecha logo que os bíceps lhe permitiram vergar a madeira do arco; durante as horas de reclusão que o inverno traz, seu gosto era ouvir as histórias contadas pelo pai — histórias do intrépido Will, o Verde, famoso bandido que por muitos anos desafiou o poder do rei e comeu, com seus companheiros, quantos veados reais quis. Mas, histórias, só no inverno. Nas boas estações, o gosto de Robin era correr a mata de arco em punho.

Sua mãe suspirava ao ver o fulgor dos olhos de Robin quando ouvia as façanhas de Will. O desejo da boa mulher não era vê-lo em vida de aventuras; e sim metido na corte ou na igreja. Ensinou-lhe a ler, a escrever, a bem falar, a comportar-se como um gentil-homenzinho. Mas, embora recebesse de boa graça aquelas lições, o amor do rapaz estava no arco, na liberdade de correr pela floresta. Companhia nenhuma lhe sabia mais que a das árvores silenciosas — ou murmurejantes, quando as agitava a brisa.

Dois companheiros encontrou Rob para tais correrias: um Will Gamewell, seu primo, morador perto de Nottingham, e Marian Fitzwalter, filha única do conde de Huntington. O castelo deste conde podia ser visto do alto das árvores mais altas da floresta, donde costumava Rob acenar para a amiguinha, marcando encontros. Rob não podia visitá-la no castelo: as duas famílias odiavam-se. Nas redondezas, corria que o verdadeiro conde de Huntington era Hugo Fitzooth, o qual fora defraudado de suas terras por artimanhas de Fitzwalter, companheiro de aventuras do rei Ricardo na cruzada contra os turcos da Terra Santa. Entre as duas crianças, porém, sempre reinara a maior camaradagem, pouco ligando eles para questões de família. Tinham como cenário para suas fugidas a amplidão da floresta, e era o mesmo o gosto de ambos pelo gorjear das aves, pelo chiar das cigarras, pelo aflar das frondes.

Dias encantadores se passaram assim, mas tempo veio em que o céu daquela felicidade iria turvar-se de nuvens. O pai de Rob tinha ainda dois inimigos perigosos: o magro xerife de Nottingham e o gordo bispo de Hereford, lugar próximo. Tais e tantas intrigas fizeram ao rei estes dois homens que conseguiram a demissão de Hugo do seu lugar de chefe dos guardas florestais. Por uma fria tarde de inverno, Hugo recebeu o golpe tramado pela intriga — e, sem saber de que o acusavam, foi levado para a prisão de Nottingham, mais a esposa e o filho, rapazola por essa época já entrado nos dezenove anos. Mãe e filho lá ficaram uma noite só. Na manhã seguinte, eram expulsos da prisão, com extrema dureza. Foram-se em procura do parente mais próximo, Jorge de Gamewell, que os acolheu bondosamente.

Mas o choque recebido e a marcha para o cárcere dentro da noite gelada foram demais para a saúde já débil da mãe de Rob. Caiu de cama. Em menos de dois meses, fechava os olhos para sempre. Rob sentiu despedaçar-se-lhe o coração.

E ainda sangrava da grande dor quando lhe sobrevém segundo golpe: morre também seu pai. O infeliz finara-se na prisão, sem sequer saber de que seus inimigos o acusavam.

Dois anos transcorreram. Will, o primo de Rob, fora para o colégio; o pai de Marian, sabedor dos encontros da menina com o rapaz, mandou-a para a corte da rainha Eleanor. Rob viu-se completamente só. O bom parente Gamewell tratava-o bem, mas que poderia fazer para cicatrizar as feridas abertas em seu jovem coração? Vivia imerso em incurável tristeza, chorando a falta da mãe querida, do pai tão gentil, da namorada e da vida livre a que se habituara. Tomava do arco, acariciava-o, mas que fazer com ele ali, fora da floresta amada? Certa manhã, no almoço, seu tio lhe disse:

— Tenho novas para ti Rob — e o bom parente ergueu o copo de cerveja que acabara de encher.

— Quais? — indagou o rapaz, curioso.

— Uma excelente ocasião para te mostrares bom atirador de arco e ganhares um prêmio. Vai abrir-se a feira de Nottingham e o xerife anuncia um concurso de tiro. Os mais bem colocados terão emprego junto aos guardas florestais, e o que conseguir o primeiro lugar receberá uma flecha de ouro — coisa inútil como arma, mas de valor como troféu. Que me dizes a isto, meu Rob? — concluiu Gamewell, erguendo de novo o copázio de cerveja.

Os olhos de Rob cintilaram.

—Maravilhoso!—exclamou.—Sempre desejei ardentemente

medir-me com outros homens no tiro de arco, e ser colocado entre os guardas florestais sempre foi também o meu sonho secreto. Permite-me, meu tio, que eu tome parte no concurso?

— Pois decerto — respondeu Gamewell. — Bem sei que tua mãe queria fazer de ti um homem da cidade; mas estou convencido que a única vida que te atrai é a vida livre das florestas. Ora, o certo neste mundo é cada qual seguir a sua vocação.

Rob agradeceu as boas palavras do tio, e a partir daquele momento começou a fazer os preparativos para a viagem a Nottingham. Seu arco de teixo necessitava nova corda e as flechas também podiam ser melhoradas.

Dias depois, pela manhã, viram-no a caminho de Nottingham, de arco na mão e um feixe de setas ao ombro. Belo rapagão que era, vestido, da cabeça aos pés, do bom pano verde de Lincoln, caminhava radiante, intumescido de esperanças, sem um só pensamento para a maldade dos homens. Não tinha inimigos, mas, ai!, iria fazer um naquele mesmo dia. Ao atravessar a Floresta de Sherwood, deu de chofre com um grupo de guardas em merenda alegre à sombra dum carvalho. Tinham diante de si um alentado bolo e várias malgas de cerveja.

Quando os olhos de Rob se cruzaram com os do chefe do bando, o rapaz sentiu nele o inimigo. Era justamente o homem que usurpara o cargo de seu pai e fizera sua pobre mãe viajar sem conforto dentro da neve impiedosa. Mas nada teria havido naquele momento, se o mau homem, depois de ingerir um longo trago, não exclamasse:

— Por Deus! Eis aqui um arqueirozinho gentil. Para onde vais, meu menino, com esse arco de dois vinténs e essas flechas de brinquedo? Para a feira de Nottingham? Ah! Ah! Ah!

Gargalhadas acolheram a ironia do chefe. Rob corou porque na realidade era bom atirador e sentia grande orgulho disso.

— Meu arco, disse ele, vale o seu; minhas flechas vão tão longe e certeiras como as de todos daqui: por isso não peço nem recebo lições.

— Mostra-nos a tua habilidade, menino. Se atingires no alvo que vou indicar, receberás estas moedas de prata, e se errares, uma boa sova.

— Indique o alvo — gritou Rob, já colérico. — Jogo minha cabeça contra essa bolsa que tem aí na cintura.

— Assim seja — tornou o chefe dos guardas. — Tua cabeça contra a minha bolsa.

Nesse momento, um rebanho de veados repontou a pouca distância, uns cem metros. Veados do rei. O chefe apontou-os, dizendo para Rob:

— És capaz de lançar uma flecha a meia distância dos veados?

— Aposto minha cabeça contra vinte moedas que matarei aquele acolá, o que vem na frente.

E, sem acrescentar nada mais, ajustou na corda uma seta e apontou. O arco encurvou-se elegantemente. A flecha partiu. Lá no rebanho o veado dianteiro deu um salto e caiu. A flecha atingira-o no coração.

Um murmúrio de espanto ergueu-se do grupo de guardas. E também um rugido de cólera.

— Sabes o que acabas de fazer, menino? — gritou o desapontado chefe. — Acabas de matar um cervo real, e portanto cometeste um crime contra as leis de Sua Majestade. Não me fales nas vinte moedas e raspa-te daqui quanto antes. Tua presença me irrita.

O sangue do rapaz esfervia-lhe nas veias. Encarou o mau homem a fito e rosnou:

— Já conheço essa cara, senhor chefe. Focinho dum homem que usa sapatos de defunto.

E com isso se afastou, com a alma a estalar de ódio.

O chefe dos guardas respondeu com uma blasfêmia e, vencido pela cólera, correu ao arco; ajustou uma flecha, que traiçoeiramente remeteu contra o rapaz, pelas costas. Errou por fração de polegada.

Rob não se conteve. Voltou-se para o inimigo, gritando:

— Ah! Vejo que não atira bem como eu, apesar de todas as fanfarronadas. E bem merece uma lição deste arco de dois vinténs.

Mal acabou de falar e já a flecha partiu. Um grito. O chefe dos guardas tombara de borco. Surpresos com o inesperado desenlace, os guardas rodearam o chefe, tentando reanimá-lo. Inútil. A seta fora-lhe ao coração. O pai de Rob estava vingado. Os guardas arremeteram contra o matador.

Impossível alcançá-lo. Além da dianteira que levava, Rob tinha vinte anos e defendia a vida. Ao cair da tarde portou na cabana duma viúva para descanso. Sentia-se exausto e faminto. A boa mulher reconheceu nele o menino que muitas vezes lhe passara pela porta, com Will e Marian. Preparou-lhe bolos e mais gulodices, insistindo para que se demorasse ali, e lhe contasse sua história. Depois, meneou a cabeça desconsoladamente.

— Um mau vento sopra sobre estas terras — gemeu. — Os pobres são despojados de tudo; os ricos pisam sobre seus corpos martirizados. Meus três filhos foram postos fora da lei por terem abatido um cervo real — meio único que tinham para escapar à morte pela fome. Andam agora ocultos na floresta, com mais quarenta homens igualmente perseguidos.

— Onde param eles, boa velhinha? — indagou Rob. — Por Deus que me quero juntar a esses amigos.

A velha, desconfiada, evitou fornecer informação segura. Mas quando viu não haver outro remédio, disse:

— Meus filhos virão visitar-me esta noite. Se ficares aqui, poderás vê-los.

Rob, apesar de saber-se perseguido, resolveu ficar, com a intuição de que iria conhecer homens da sua têmpera e de sentimentos afins. E foi o que se deu. Os moços vieram.

Travaram conhecimento com o foragido e, reconhecendo-lhe a sinceridade e as qualidades, admitiram-no no bando. Um deles disse:

— Nosso grupo tem falta dum bom chefe. Estávamos a estudar o meio de escolhê-lo. Agora foi resolvido que aquele dentre nós que for à feira e conquistar o prêmio, esse nos chefiará.

Rob pôs-se de pé.

— Ótimo! Parti de casa para disputar esse concurso na feira de Nottingham — e estou certo de que saberei manter os guardas florestais e os homens dos xerifes de toda cristandade à boa distância de mim.

Apesar de tão novo ainda, o brilho dos seus olhos e a energia de sua atitude disseram aos moços que seria aquele o chefe ideal do bando.

— A Nottingham! A Nottingham, pois! — exclamaram. — Se vences o prêmio da seta de ouro, serás o chefe indisputado pelos "fora da lei" da floresta de Sherwood.

Assentado isso, pôs-se Rob a pensar em como melhor se disfarçaria para aparecer na cidade sem receio de aprisionamento, pois, com certeza, os guardas já tinham posto sua cabeça a prêmio. O problema foi resolvido depressa.

Chegado à cidade, Rob varou a multidão, rumo à praça do mercado. Trombetas soavam. O povo se aglomerava em certo ponto para ouvir dum arauto a leitura da proclamação do xerife:

— Um tal Roberto, sobrinho de Gamewell Hall, havendo matado o chefe dos guardas florestais do rei, fica posto, de hoje em diante, fora da lei. Em consequência, um prêmio de cem libras será pago a quem o prender, vivo ou morto.

O arauto fez novamente soar sua trombeta e o povo se espalhou alegremente, com o pensamento nas cem libras do prêmio. A proclamação foi afixada no lugar do costume, onde gente de nariz para o ar entrou a revezar-se na leitura. A morte do chefe dos guardas florestais constituía caso de sensação.

Mas povo é povo. O anseio pelas festas fez com que logo todos passassem aquilo para segundo plano, de modo que nas portas da cidade só ficaram os guardas florestais que, com o xerife, se empenhavam em apanhar o criminoso. O velho ódio desse xerife contra o pai de Robin voltava-se agora contra o filho.

O grande acontecimento do dia, porém, não foi esse — foi o que sobreveio à tarde: concurso de tiro para a disputa da flecha de ouro. Compareceram vinte concorrentes, entre eles um que mais parecia mendigo, todo esfarrapado que estava, ar sorno, arranhões pelos braços e faces. Sobre a cabeça tinha um velho capuz semelhante aos de certos monges. Foi manquitolando que tomou lugar entre os vinte atiradores, fazendo a assistência rir-se de sua triste figura. Como, entretanto, o concurso se abrira para quem quer que fosse, não houve jeito de evitar que um mendigo nele tomasse parte.

Lado a lado com Rob (pois era Rob o mendigo) vinha

um alentado atirador de pele requeimada e um dos olhos oculto por uma faixa verde. A assistência também troçou desse estropiado concorrente. Sem dar atenção a isso, entrou o "cego" a experimentar a flexibilidade do arco e a remexer em seu carcás de flechas.

A multidão já era grande. Gente da cidade e das redondezas ali se reunira no antegozo da disputa. Anfiteatro espaçoso. No camarote central figurava o xerife, pomposamente entrajado, com sua mulher coberta de joias e sua filha muito empavonada, na certeza de que a flecha de ouro viria ter às suas mãos por gentil oferta do vencedor. Isto a faria a rainha da cidade.

À direita do camarote do xerife ficava o do gordo bispo de Hereford; e à esquerda, um ocupado por formosa rapariga. Ao vê-la, o coração de Rob pulsou violento. Marian! Havia sido enviada para a corte da rainha Eleanor e agora se apresentava ali, com ar triste, ao lado de seu pai, o conde de Huntington. Se Rob viera determinado a vencer, essa determinação dobrava agora de vigor. Um fluido desconhecido eletrizava seus músculos. Vinha do amor essa força nova.

Uma trombeta soou. Fez-se o silêncio na multidão. O arauto anunciou os termos da luta. Todos podiam concorrer, não havia restrição alguma, disse ele. O primeiro alvo ficava a trinta alnas de distância, e quem o atingisse no centro habilitava-se a atirar no segundo, colocado dez alnas mais longe. Vinha depois o terceiro alvo, mais afastado ainda. O vencedor de todas as provas receberia a flecha de ouro e também colocação entre os guardas florestais do rei, sendo coroado pela rainha do dia.

A trombeta ressoou de novo. Ia começar a disputa. Os arqueiros preparavam-se para atirar. Rob baixou os olhos para o seu arco, enquanto a multidão sorria e murmurava comentários a propósito da singularíssima figura. Quando o primeiro atirador ergueu a arma para o primeiro tiro, todos se calaram.

Só doze dos vinte concorrentes atingiram o centro do primeiro alvo. Rob, que fora o sexto a atirar, recebeu a silenciosa aprovação do seu companheiro de olho vendado, que estava em sétimo lugar e que também acertou sua flecha no centro.

A multidão aplaudiu os doze vencedores, porque entre eles estavam os seus favoritos.

A trombeta deu sinal para a segunda prova.

Os três primeiros atiradores, três favoritos do povo, acertaram no centro do alvo e foram vivamente aplaudidos com palmas e gritaria. Era opinião geral que os vencedores do torneio estavam entre aqueles três. O quarto e o quinto fincaram suas flechas bem perto do centro. Chegou a vez de Rob. Ergueu o arco. Apontou. Desferiu — e sua flecha foi cravar-se no centro geométrico do alvo.

— O esfarrapado! O esfarrapado! — gritou a multidão. Parece incrível, mas acertou!...

Na realidade o tiro de Rob fora o melhor de todos. O do "cego" não ficou atrás, com a flecha fincada coladinha à de Rob. A multidão prorrompeu em berros de entusiasmo, porque tiros como aqueles nunca tinham sido observados em Nottingham.

Os restantes atiradores falharam e retiraram-se da arena de nariz caído, enquanto a trombeta anunciava a terceira prova, com o alvo a cinquenta alnas de distância.

— Pela minha salvação, deste um tiro ótimo! — exclamou o esquisito companheiro de Rob, dirigindo-se a ele no intervalo para descanso. — Concedes-me que na prova imediata eu atire antes de ti?

— Impossível, respondeu o rapaz; mas és bom companheiro, e se me escapar a vitória tenho certeza de que te não escapará — disse e olhou com desprezo para os três arqueiros restantes, naquele momento rodeados de admiradores e de amigos do xerife, do bispo e do conde. Depois, dirigiu os olhos para o camarote de Marian. Dois olhares se cruzaram. Ter-se-iam reconhecido?

O "cego" percebeu o jogo e disse:

— Linda moça, hein. Muito mais digna de receber das mãos do vencedor a flecha de ouro do que a tal filha do xerife.

— Esperto és tu, meu "cego", e gosto de saber que assim é — foi o comentário único de Rob.

Terminara o intervalo. Com mais cuidado do que nunca, os arqueiros preparavam-se para a terceira prova. O alvo inteiro, lá longe, ficava do tamanho do centro do alvo número um.

Os três primeiros atiradores deram excelentes tiros, sem que, entretanto, conseguissem tocar no centro.

Rob colocou-se em posição, mas com um peso n'alma. Uma nuvem ia passando pelo céu, que atrapalhava a luminosidade do disco; e para mal maior entrara a soprar uma brisa forte. Dois contratempos, desses que põem medo no coração dos atiradores. Seus olhos voltaram-se novamente para o camarote de Marian. O olhar trocado reassegurou-o imediatamente — neutralizou o contratempo da nuvem e da brisa. Rob sentiu que ela o reconhecera e estava a ordenar-lhe que vencesse. Erguendo a arma com serena firmeza, esperou um momentâneo estiar da brisa e atirou — e viu sua flecha cravar-se exatamente no centro geométrico do circo visado.

— O esfarrapado! O esfarrapado acertou de novo! — rompeu a multidão, assombrada e entusiasmada. Conseguirá o "cego" batê-lo?

O "cego", último que restava, sorriu com superioridade e levantou o arco num gesto gracioso, sem se demorar em preparativos. Soltou a flecha e aconteceu o mesmo que na prova anterior: sua flecha foi cravar-se no centro, mas não bem no centro. A brisa desviara-a de meia polegada para a direita. Ao verificar isso, o "cego" sorriu e foi o primeiro a congratular-se com o vencedor.

— Havemos de nos medir um dia — disse ele. — Mas só entre nós dois. Na verdade, não me interessei em vencer hoje, pois que o xerife para mim nada significa. Vai oferecer o prêmio à dama da tua escolha — disse e desapareceu na multidão, antes que Rob pudesse responder que sim, que estava disposto a medir-se com ele novamente, um dia.

O arauto gritou para Rob que fosse receber do xerife o prêmio.

— És um tipo bem curioso — disse o xerife, a morder involuntariamente os lábios. — Mas não há dúvida de que atiras bem. Qual o teu nome?

Marian inclinara-se para não perder uma só palavra do diálogo.

— Chamo-me Rob, o Vagabundo, senhor xerife, foi a resposta do rapaz.

Marian sorriu, satisfeita.

— Bem, Rob, o Vagabundo, tornou o xerife, creio que com um pouco mais de atenção à tua pele e às tuas roupas teríamos em ti um homem apresentável. Que achas de entrares para o meu serviço?

— Rob, o Vagabundo, sempre foi um homem livre, meu senhor, e livre deseja continuar a viver.

O xerife ensombreceu o rosto, mas soube conter-se, já que sua filha iria receber a homenagem daquele homem arrogante.

— Rob, disse ele, aqui está a flecha de ouro que cabe como prêmio ao vencedor do dia. Devo declarar que a conquistaste brilhantemente, embora com surpresa geral.

Nesse ponto, o arauto fez sinal para Rob, indicando a

filha do xerife, a qual, sorridente, esperava o desfecho da oferta. Mas Rob fez que não percebeu e com a flecha em punho dirigiu-se para o camarote de Marian.

— Senhora — disse ele —, rogo que aceiteis esta homenagem dum pobre vagabundo que devotará toda a sua vida a bem servir-vos.

— Meus agradecimentos, Rob de Capuz (Hood), respondeu a moça com um imperceptível sinal dos olhos — e colocou nos cabelos a áurea flecha, enquanto o povo a aclamava: A Rainha! A Rainha!

Os olhos coléricos do xerife cravaram-se naquele arqueiro que recusara a sua oferta, recebera o prêmio sem uma só palavra de agradecimento e fizera tão pouco de sua filha. Quis dizer algo, mas a orgulhosa moça o deteve. O xerife então chamou um guarda, dando-lhe ordem para trazer de olho o estranho mendigo. Precaução inútil. Aproveitando-se do tumulto, Rob esgueirara-se e desaparecera no meio da multidão.

Nesse mesmo dia, um grupo de quarenta homens vestidos do pano verde de Lincoln se reunira na Floresta de Sherwood, em torno duma fogueira na qual assavam um veado real. Subitâneo rumor fê-los erguerem-se em guarda, de armas em punho.

— Amigo! — exclamou alguém. — Venho só, em procura dos filhos da viúva.

Imediatamente os três moços se adiantaram.

— É Rob — declararam eles ao reconhecerem quem os

procurava. — Bem-vindo sejas à Floresta de Sherwood, ó amigo Rob!

Todos os presentes saudaram o rapaz desconhecido e o rodearam para ouvir-lhe a história. Terminada que foi, um dos filhos da viúva tomou a palavra e disse:

— Camaradas, sabeis muito bem que o nosso bando há sofrido com a falta dum bom chefe — chefe por direito de nascimento, de bom sangue e de conquista. Mas esse chefe acaba de aparecer na pessoa deste jovem companheiro. Eu e meus irmãos dissemos-lhe que vós o escolheríeis como chefe, se ele humilhasse o xerife e conquistasse a flecha de ouro.

Todos assentiram e Will voltou-se para Rob.

— Que notícias trazes de Nottingham? — indagou.

Rob sorriu.

— As seguintes: humilhei o xerife e conquistei a flecha de ouro. Mas tereis de confiar em minha palavra, porque a flecha dei-a de presente a uma formosa donzela.

E vendo que os homens vacilavam, na dúvida, prosseguiu:

— Pronto estou para aderir ao vosso bando como simples arqueiro, pois que, entre tantos, vários deve haver com mais qualidades de chefe do que eu.

Um do bando se adiantou e falou; Rob imediatamente reconheceu nele o cego do torneio. Era por disfarce; já não tinha a faixa verde no rosto.

— "Rob in the Hood", pois foi assim que a formosa donzela

te tratou — disse ele. — Aqui me apresento para testemunhar teu feito. De fato, envergonhaste e humilhaste o xerife, mais ainda do que eu poderia fazê-lo; e podemos renunciar à flecha de ouro, já que ela enfeita a cama de tão bela criatura. Quanto ao quase empate do nosso tiro, temos de decidir o ponto mais tarde. Desde já declaro, porém, que não terei outro chefe que não seja Robin Hood.

Então, Will Stuteley contou aos demais os feitos de Robin e também se submeteu à sua chefia, jurando lealdade. Os filhos da viúva fizeram o mesmo e os demais os acompanharam, já que muito lhes mereciam aqueles três moços e também Will Stuteley, companheiro de lealdade já de muito comprovada. E saudaram-no a malgas espumejantes de cerveja, e aclamaram-no chefe sob o nome de Robin Hood — apelido tirado do tratamento que lhe dera Marian.

Robin foi instruído sobre as leis do bando e as senhas. Também recebeu uma buzina, a cujo soar todos se reuniriam. E juraram que o dinheiro tomado dos ricos opressores, eles o repartiriam entre os pobres; e que não fariam mal às mulheres, fossem donzelas, esposas ou viúvas. Todos juraram com terríveis juras, passando depois a festejar alegremente, sob a velha carvalheira, o grande acontecimento do dia.

E, assim, tornou-se Robin Hood o chefe dos bandoleiros.

Louis Rhead . 1912

ROBIN HOOD ENCONTRA-SE COM JOÃO PEQUENO

Durante todo o verão, Robin Hood e seus alegres companheiros erraram pela Floresta de Sherwood, com a fama dos seus feitos a espalhar-se longe pelo país. O xerife de Nottingham cada vez se enfurecia mais, porque todas as suas expedições contra os bandidos e todas as suas armadilhas degeneravam em novas decepções. No começo, a gente pobre muito se arreceou deles; mas, ao verificarem que os homens de Robin Hood não lhes causavam nenhum mal, limitando-se a combater e despojar seus opressores, passaram a respeitá-los, admirá-los e amá-los.

Eram amigos. E desse modo o bando cresceu rapidamente, com a adesão de mais uns quarenta amigos da liberdade.

Os dias sossegados que sobrevieram, porém, não iam com o espírito aventuresco de Robin. Certa manhã, ele disse aos companheiros:

— A frescura picante deste ar mexe-me com o sangue, meus amigos. Vou ver como vai o mundo lá pelos lados de Nottingham. Ficai na fímbria da floresta, atentos ao chamado da minha buzina.

Disse, e partiu para a fímbria da floresta, onde entreparou por uns instantes, ereto, os cabelos em cachos flutuantes ao vento, a olhar com atenção para a estrada.

Era a estrada real que ia ter à cidade. Por ela se meteu Robin. Logo adiante, tomou por atalho que ia ter a um riacho. Quando o alcançou, viu que as chuvas da estação o tinham transformado em torrente. Havia uma estreita ponte. Robin correu para ela; mas a meio caminho divisou uma criatura agigantada, aí de seis pés de altura, que vinha ao seu encontro. Trazia na mão um grosso cajado de carvalheira. Ambos apressaram o passo, cada qual pensando em cruzar a ponte antes do outro. No meio dela se chocaram e nenhum cedeu caminho.

— Quero passar! — gritou Robin em tom de chefe que em todas as situações manda.

O desconhecido sorriu. Perto dele, Robin era um menino.

— Alto lá com esse tom! Só cedo passagem a homem mais forte que eu.

— Abre caminho, repito — insistiu Robin, em tom

colérico — ou mostrarei quem é o mais forte. Abre caminho se não quer que te lance n'água.

O desconhecido riu-se.

— Ho! Ho! Por minha salvação, agora é que não cedo nada! Tenho passado a vida em procura de alguém mais forte, e viva Deus se o encontrei!

— Pois verás — replicou Robin. — Espera-me aqui até que eu corte um cajado como o que tens na mão.

Disse e voltou para a margem donde viera, e largando o arco e as flechas cortou um alentado rebento de carvalheira, reto, sem nós, aí duns seis pés de comprido. Mesmo assim, era menor que o usado pelo oponente. Feito o que, voltou à ponte.

— Creio não ser preciso acentuar que, para um arqueiro como eu, o mais simples, nesta situação, seria usar o arco. Mas gosto às vezes de variar de música. — E regirando no ar o cajado: — Prepara-te, pois, para a sinfonia que vou tocar no teclado das tuas costelas. Lá vai! Um, dois e...

— Três! — gritou o gigante, arremetendo contra ele.

Mas Robin tinha agilidade de símio: desviou-se a tempo dum golpe que se o apanha o teria abatido como a pancada na nuca que abate boi em matadouro. E mandou a réplica — uaque!

Uaque! — revidou o gigante. E uaque! Uaque! Uaque! Os golpes se iam sucedendo alternadamente, um de cá para um de lá, cada vez mais furiosos. Mas, como se tratava de luta entre a agilidade e a bruteza, ficou um espetáculo divertido. Aos botes se sucediam gritos e chacotas — com as de

Robin a ferirem tanto como seus golpes. O cajado do gigante jamais tocava o alvo, o mesmo não se dando com o de Robin. Mesmo assim a luta se foi prolongando sem que nenhum tivesse intenção de dar o basta. Era rindo que se batiam, e o moço ainda ria mais que o gigante, pois nenhum esporte lhe agradava tanto como lutas dessas. Por fim, o mais pesado começou a mostrar sinais de canseira. Suava em bicas e desferiu um golpe medonho. Inutilmente. Contra a agilidade de Robin de nada valia a força bruta. Mas a agilidade valia muito contra a força bruta, pois Robin revidou com certeira pancada que apanhou o gigante pelas costelas, fazendo-o vacilar. Reaprumou-se logo, porém, dizendo:

— Pela minha vida, tu sabes bater, rapaz — e retribuiu o golpe com outro bastante rápido, que apanhou Robin fora de guarda. É que, ao ver o gigante vacilar, ficara ele à espera dum tombo completo n'água e em vez disso veio o inesperado golpe — uaque! Apanhado na cabeça, Rob viu mais estrelas do que as há no céu — e lá se foi para dentro do rio.

A frialdade súbita fê-lo readquirir os sentidos. Debateu-se, e, agarrado a uma raiz marginal, esforçou-se por firmar o pé em seco. Lá sobre a ponte o gigante ria-se à larga, mas sem desejo nenhum de que o contendor perecesse afogado.

— Ho! Ho! Meu amigo! Onde paras tu, agora? Espera que vou pescar-te, disse, estendendo-lhe o comprido bastão. Agarra-te que te empurrarei para a margem.

Robin agarrou-se e de fato foi empurrado para o seco, como um peixe ferido, embora nenhum peixe jamais houvesse saído d'água tão empapado como ele. Deitou-se na areia dum cômoro, por alguns minutos, à espera de que lhe voltassem completamente os sentidos. Depois, sentou-se e esfregou a cabeça.

— Com mil diabos! — exclamou. — Tu me bateste rijo, homem. Sinto como se tivesse no crânio toda uma colmeia de abelhas.

Tomou então a buzina e dela tirou três toques. Um momento de silêncio se seguiu: depois o estalar do mato denunciou gente a correr. Eram os homens vestidos do pano verde de Lincoln. À frente vinham Will Stuteley e os três filhos da viúva.

— Que é isso chefe? — gritou Stuteley. — Está mais empapado que uma esponja!

— Este freguês não quis ceder-me passagem na ponte e, quando lhe assentei uma cajadada nas costelas, revidou com uma em minha cabeça e fui ao banho.

— A ele então se faça o mesmo — gritou Will.

— Agarrai-o, rapazes!

Todos avançaram para o gigante e o agarraram, firme, levando-o dali para a beira d'água, onde, com um "Um, dois, três", lançaram-no o mais longe possível. Robin saltou para a ponte e repetiu as palavras que lhe dissera o gigante.

— Ho! Ho! Amigo, onde paras tu, agora?

A resposta foi o vigoroso espadanar do "banhado", que num momento alcançou a margem e também alcançou o desprevenido Stuteley, o qual, antes que pensasse em defender-se, já estava por terra, com tremenda pancada na cabeça e o mesmo sucedeu a mais três. Os outros arqueiros, entretanto, caíram em cima do gigante e o dominaram. Mesmo assim, debateu-se violentamente, desafiando-os e propondo-se a lutar contra três de cada assalto.

— Nada disso — gritou Robin. — Tu és o melhor camarada que ainda encontrei. Nunca mais brigaremos.

— Muito me satisfaz isso e muito boa ideia me dá de ti, já que estou peado e poderias fazer de mim o que quisesses. Vamos lá, conta-me o teu nome.

— O xerife de Nottingham e meus companheiros conhecem-me como Robin Hood, o Bandoleiro.

— Pois então muito lamento o que aconteceu, porque justamente me dirigia à Floresta de Sherwood para ver-te. Meu desejo era entrar para o bando. Já agora creio que...

— Nada, nada — gritou Robin. — Acho até ótimo que nosso encontro fosse uma medição de forças. Gosto de ti.

E, no meio dos aplausos de todos, os dois homens trocaram um valente aperto de mão, que iria selar uma solidíssima amizade.

— Mas tu não me disseste ainda o teu nome, amigo — lembrou Robin.

— Os homens chamam-me João Grande — respondeu o gigante.

— Pois ficarás incorporado ao nosso bando, João Grande. Bem-vindo sejas. As regras são poucas, e as rendas, muitas. Terás de dar-te ao grupo de corpo e alma, para a vida e para a morte.

— Dado já estou de corpo e alma, para a vida e para a morte, meu caro amigo.

Stuteley, que não perdia vasa de divertir-se, falou:

— Os bebês que aparecem precisam ser batizados, e serei eu o padrinho deste.

E tomando água do rio espirrou-a no rosto do neófito.

— Vamos, meu filho, recebe o novo nome com que serás reconhecido na floresta. Teu novo nome é João Pequeno!

A gargalhada foi geral, porque o mundo ainda não tinha visto um João Pequeno tão grande.

— Deem-lhe um arco e flechas — ordenou Robin. — Será que tu atiras de arco tão bem quanto espancas de cajado?

— Lasco uma vara fina a cinquenta jardas de distância — respondeu o alentado neófito.

E com essas e outras puseram-se a caminho para o mais espesso da floresta, lá onde o musgo recrescia na sombra. Uma senda levava à caverna transfeita em fortaleza do bando. Ao passarem por um velho carvalho, encontraram-se com o resto dos companheiros. Apresentações e abraços. Depois, uma boa fogueira para a refeição de carne assada — carne de veado real.

Robin mostrava-se contente com o resultado da excursão, embora a cabeça ainda lhe latejasse, recordando o mau momento passado na ponte. Também as costelas de João lhe diziam alguma coisa.

CAPÍTULO III

N. C. Wyeth . 1917

COMO ROBIN, TRANSFORMADO EM CARNICEIRO, ENTROU PARA O SERVIÇO DO XERIFE

No dia seguinte, o tempo não amanheceu bom. Robin e seus companheiros tiveram de ficar embolorando na caverna. Chuvas contínuas durante três dias. A ociosidade forçada levou-os a arquitetar uma peça contra o xerife.

Antes disso houvera o seguinte: um dos companheiros de Stuteley abatera um veado e, quando os outros correram para apanhá-lo, deram com um grupo de vinte arqueiros de Nottingham, de passagem por ali. Choveram flechas, sem que, entretanto, nenhum dos visados fosse ferido, tal a rapidez com que se agacharam e se ocultaram no mato. Veio o revide. Nova chuva de flechas, desta vez sobre os arqueiros de Nottingham. Chuva tão forte que eles acharam melhor não insistir. Retiraram-se levando alguns feridos.

Ao darem a notícia do encontro ao xerife, este esperneou de cólera.

— Quê? Então meus homens fogem de medir-se cara a cara com esse Robin Hood? Ah, se eu o apanho! Mas havemos de ver isso, havemos de ver isso...

Não declarou o que havia de ver, mas de fato iria ver qualquer coisa, e bem depressa. E nós veremos como ele se aproveitou do que viu.

Quatro dias depois do pega com os arqueiros, notou-se na caverna a falta de João Pequeno. Um dos que sempre o acompanhavam contou tê-lo visto a conversar com um mendigo, nada mais adiantando. Dois dias se passaram sem que João aparecesse. Robin começou a ficar incomodado. Não duvidava da firmeza do novo bandoleiro, mas receava que houvesse caído nas unhas dos guardas florestais lançados em sua procura.

Por fim, Robin não se conteve. Ergueu-se de arco e flechas em punho e a curta espada à cinta. E disse:

— Tenho de ir a Nottingham, meus amigos. O bom xerife muito deseja ver-me, e quem sabe se me informará do paradeiro do nosso gigantesco João.

Vários se propuseram a ir com ele. Robin não aceitou. Era empresa que tinha de realizar sozinho.

— Nada, nada — explicou. — Eu e o xerife somos dois amigos velhos, de modo que não há razão para que desconfie dele e leve reforço. Mas ficai na fímbria da floresta, bem atentos. Talvez na noite de amanhã precise dos vossos músculos.

Em seguida, encaminhou-se rumo à estrada que ia ter a Nottingham, à beira da qual, antes de por ela meter-se, ficou uns instantes a espiar. Vinha ao longe uma carriola, conduzida por um alentado e alegre carniceiro.

Talvez o pensamento do lucro a obter do carregamento de carne o fizesse assobiar tão satisfeito e feliz. Robin saiu-lhe ao encontro.

— Muito bom dia, amigo! — foi-lhe gritando.

— Donde vens e para onde vais com tanta carne?

— Bom dia também a ti desejo — respondeu o homem com toda a gentileza. — Não importa donde venho, nem onde moro; mas vou indo para Nottingham, a fim de vender esta carne. Como é tempo de feira, espero apanhar pelo meu carregamento de carneiro e vaca muitos bons cobres. E tu, meu caro, donde vens, quem és e para onde vais?

— Sou um lavrador de Lockesley, que os homens tratam de Robin Hood.

— Pelo amor de Deus, poupa-me! — gemeu o carniceiro, aterrorizado ao ouvir aquele nome famoso. — Muito se fala de ti e de como alivias a bolsa dos sacerdotes nédios e dos fidalgos, mas eu não passo dum pobre carniceiro que trabalha para viver e necessita negociar esta carne a fim de pôr-se em dia com o dono das terras onde trabalha.

— Sossega, amigo — respondeu Robin. — De ti não tirarei um vintém sequer, porque não gosto dessas caras saxônias. Apenas te proporei um negócio.

E tirando da cintura uma bolsa:

— Estou com ideia de fingir-me carniceiro e ir vender carne em Nottingham. Queres ceder-me o teu carregamento, a carroça, e o cavalo, tudo isso por cinco marcos de ouro?

— O céu te abençoe! — exclamou o carniceiro, entusiasmado com o excelente negócio proposto. — Está claro que quero. É boa! Como não havia de querer? E saltando da boleia, entregou tudo a Robin, recebendo a bolsa com as moedas de ouro.

— Espera — disse Robin.— Temos ainda de trocar nossas roupas. Vestirei as tuas e tu vestirás as minhas, e te rasparás daqui incontinenti, porque, se os guardas te apanham assim vestido de verde, dão-te cabo da pele.

A mudança foi feita num ápice; e entrajado de carniceiro, com o clássico avental à cintura, Robin saltou para a boleia e tocou na direção da cidade.

Atravessou sem nenhum embaraço a porta de entrada,

com uma simples saudação ao porteiro. Intrepidamente tomou a direção da praça do mercado, onde se colocou na zona da carne. Robin, porém, não tinha a menor noção do preço dessa mercadoria, o que não o impediu de anunciá-la com um pregão improvisado: damas e raparigas, vinde! Vinde! Vinde comprar a boa carne; dou por um o que vale três, e um beijo de lambuja.

Rodearam-no logo freguesas em massa, porque verificaram que realmente dava por um o que os outros vendiam por três. E muitas criadas, depois de feita a compra, por ali ficavam, a olhar cobiçosamente para tão belo homem, à espera do beijo de lambuja.

Aquilo indignou os concorrentes. Puseram-se a murmurar.

— Há de ser algum moço sem juízo — disse um — que está queimando a fazenda do pai. Juro que é a primeira vez que vende qualquer coisa.

E outro:

— Qual, nada! Algum facínora, sim, que matou pelo caminho o carniceiro, roubou-lhe a carne e agora quer tudo liquidar depressa.

Robin percebia a murmuração, mas limitava-se a gritar ainda mais alto o pregão alegre. Seu bom humor fazia com que as freguesas também rissem e cada vez mais se aglomerassem em redor dele. E o riso passou a gargalhadas quando o estranho carniceiro começou a distribuir os beijos prometidos.

Os concorrentes prejudicados se reuniram para ação comum. Um deles assumiu a chefia e avançou para Robin.

— Companheiro novato — disse —, se queres vender carne aqui, o melhor que tens a fazer é te ligares conosco e seguires as regras do negócio. Jantaremos, hoje na mansão do xerife e, sendo dos nossos, poderás ir também. Isso é grande honra.

Robin deu alegre resposta num verso improvisado, declarando-se pronto a entrar para a união dos açougueiros, já que isso, assim de começo, lhe rendia um jantar na mansão do xerife.

Vendida que foi toda a carne, deixou ele a carroça aos cuidados dum que não ia jantar e lá partiu com os demais para a Mansion House.

Era costume do xerife, durante as feiras, obsequiar com um banquete as diversas corporações de comércio, isso porque, além das taxas legais, gostava de extrair dos bons comerciantes o que podia de renda secreta. Naquela tarde, o banqueteamento era para os carniceiros.

Já o xerife, pomposamente vestido, estava no salão da festa quando Robin e os seus novos associados chegaram. A vaidosa autoridade saudou-os condescendentemente, sorrindo.

A Robin coube o lugar de honra, por uma razão curiosa. Um dos carniceiros cochichou aos ouvidos do xerife tratar-se dum novato de bola virada que a todos espantara na feira com as suas maluquices. "Imagine que vende por um o que vale três, e ainda espalha beijos de lambuja! Algum perdulário, certamente, dos que não conhecem o valor do dinheiro e vivem a pedir tutor."

Ao saber de tal, o xerife chamou Robin para a sua direita. Já que era maluco, ali melhor o divertiria. E Robin não desmereceu do conceito. Manteve-se em constante garrulice, encantando a todos e fazendo-os torcerem-se de riso com a agudeza das anedotas contadas.

O bispo de Hereford também compareceu, e depois da prece usual acomodou as enxúndias na cadeira à esquerda do xerife, já que a da direita estava ocupada pelo desconhecido.

Finda a prece, os criados entraram a servir. Robin ergueu-se e falou:

— Companheiros, alegria! Alegria! Toca a beber a fundo, e se beberdes fora de conta e medida, bebendo estareis por minha conta. A beber! A beber!

O xerife fez menção de querer falar.

— Silêncio! — gritaram os carniceiros.

— Senhores — disse a autoridade —, devo lembrar aos presentes que a festa é minha. Saiba disso o meu conviva à direita, embora tudo faça crer que ele é opulentíssimo, dono de inumeráveis cabeças de gado e largas terras. Quem se propõe a gastar assim rico tem de ser como os que mais o são.

— Ninguém se incomode com as minhas larguezas — respondeu Robin, piscando com malícia os olhos. — Quinhentas cabeças de gado de chifres possuo eu, de sociedade com meus

41

irmãos, e não achamos quem no-las compre. Eis porque me fiz carniceiro. Mas confesso que nada entendo do negócio, e que de bom grado negociaria duma vez o lote todo. Acaso não haverá por aqui algum comprador?

A cobiça do xerife assanhou-se incontinenti. Se aquele moço pródigo e ingênuo queria ser lesado, por que não lesá-lo ele? O mundo sempre foi dos espertos.

— Quinhentas cabeças, disseste tu? — indagou o xerife.

— Sim. Quinhentas e dez, que dou como quinhentas, conta redonda. E a estalarem de gordas. Tudo isso vendo por vinte moedas de ouro, pagas à vista. Será por acaso muito?

"Será possível que haja no mundo um negociante de gado mais idiota que este", pensou consigo o xerife; e no entusiasmo de haver descoberto semelhante patinho esqueceu a compostura e cutucou o bispo nas costelas. Depois disse ao proponente:

— Meu caro amigo, sempre me mostrei pronto para ajudar a todos que vivem neste condado. Se não encontrares quem te compre as reses pelo preço pedido, fecho eu o negócio.

Entusiasmado com a "generosidade" do xerife, Robin exaltou-o até as nuvens, declarando que jamais se esqueceria de tamanha bondade.

— Nada, nada — murmurou o homem condescendentemente. — Não se trata de bondade, e sim apenas de negócio. Tragas para o mercado os teus bois, amanhã, e receberás incontinenti o dinheiro.

— Isso não é possível, excelência — tornou Robin. — Não é nada fácil reunir quinhentas e dez cabeças de gado, espalhadas em diversos pontos. E como alimentá-las cá? Tenho-as todas nas proximidades de Gamewell, a pouco mais de milha daqui. Não acha vossa excelência preferível chegar até lá e ver o gado?

— Perfeitamente — concordou o xerife, cada vez mais cobiçoso. — Irei. Pousarás aqui esta noite. Partiremos amanhã cedo.

A proposta embaraçou Robin, que jamais fizera propósito de passar a noite em casa do seu cruel perseguidor. Além disso, havia marcado encontro com os companheiros, aos quais tinha instruções a dar. Ora, deixar a mansão para atender ao encontro seria despertar suspeitas. Robin olhou em torno, refletindo. O banquete já ia em meio. Os carniceiros afundavam-se no vinho. O bispo cabeceava, dorme não dorme.

— Concordo — resolveu por fim, e ao dizer isso viu entrar um gigantesco serviçal, sopesando alentada bandeja de novos copázios de vinho. O rosto de Robin contraiu-se involuntariamente ao reconhecer quem entrava — e quem entrava tomou-se de igual surpresa, a ponto de entreparar; depois, como se houvesse esquecido qualquer coisa, arrepiou caminho, retirou-se da sala. Era João Pequeno.

Várias interrogações borbulharam na cabeça de Robin, sem que ele pudesse responder a uma só. Que fazia João na casa do xerife? Por que nada contou aos companheiros? Estaria a traí-los? Algum plano que tinha em mente?

Mas traição era coisa que Robin não podia admitir, tão a fundo já conhecia o caráter de João. Firmado nisso, voltou a divertir a assistência com suas brincadeiras e casos cômicos, cada vez mais apreciados à medida que o vinho ia empolgando os convivas.

— Uma canção! — gritou um deles, e o reclamo deu volta à mesa. — Uma canção! Uma canção!

Robin não se fez insistido. Subiu à cadeira e recitou uma canção da moda, cujo estribilho era cantado em coro por toda a assistência.

"Certa rapariga e um carniceiro de Nottingham

Ajustaram um dia o casamento:

— Dar-te-ei linda carne, ó rapariga,

E pão me darás tu, meu lindo amor."

Lá pelo meio da cantoria, João Pequeno reapareceu, com outros criados, para reencher os copos. Ao chegar-se a Robin disse-lhe, como se estivesse perguntando qualquer coisa sobre o vinho servido: "Procura-me na copa esta noite".

Rob fez que sim e prosseguiu na canção.

A tarde morria. Chegara ao fim do banquete. O xerife deu sinal de retirada e todos foram saindo, exceto o bispo, já mergulhado em sono profundo.

Esvaziado o salão, o xerife ordenou que acomodassem Robin num bom quarto e o levassem à sua presença pela manhã.

Logo depois, noite já, Robin esgueirou-se para a copa. Lá encontrou João Pequeno. O que se disseram um ao outro, saberemos depois. Agora vamos ver por que artes de berliques e berloques estava João a serviço do xerife.

CAPÍTULO IV

N. C. Wyeth . 1917

COMO JOÃO PEQUENO ENTROU PARA O SERVIÇO DO XERIFE

A feira de Nottingham refervia. Barracas de coisas para vender enfileiravam-se por ali afora, e intercaladas nelas as de variadas diversões. Em certo ponto ficavam os tablados dos esportes.

Num desses tablados impava Eric de Lincoln, considerado o maior valentão de todo o condado. Extremamente arrogante, gabola, sempre a encher o mundo com a atoarda das suas incríveis façanhas, Eric desafiava a humanidade inteira. Que viessem medir-se com ele os mais fortes, que a todos moeria em três tempos. Os vários que se atreveram a isso foram surrados em regra, sob a surriada atordoadora da assistência.

Um mendigo, sentado por ali perto, ria-se consigo cada vez que uma nova cabeça era partida. Um pobre-diabo dos mais esfarrapados e sujos, como os havia muitos na Inglaterra daqueles tempos. Eric percebeu e estranhou o tom daquelas risadinhas. Pareciam desafiadoras. E num momento de pausa, em que ninguém se apresentava para ser esmoído, gritou-lhe:

— Olá, você aí, sujíssima criatura, acabe com esses risinhos, se não quer que o deixe no mesmo estado em que estão as suas roupas.

O mendigo sorriu de novo e disse:

— Não passo dum pobre-diabo, como veem; não obstante estou sempre pronto para receber lições, quando topo um verdadeiro mestre. Infelizmente não creio que Eric possa ensinar-me qualquer coisa.

— Suba, suba aqui — gritou-lhe o enfurecido herói, florejando no ar o bastão.

— Não recuso o convite — respondeu o mendigo, erguendo-se com dificuldade. — Tenho muito prazer em esmoer um pretensioso, só que alguém por aqui há de fornecer-me uma boa marreta.

Vinte paus lhe foram apresentados pelos circunstantes, ansiosos de verem Eric rachar mais uma cabeça. O mendigo escolheu o mais rijo, e muito desajeitadamente subiu ao tablado. Assim que lá pisou, todos viram que era homem bastante alentado, pois excedia Eric em altura por uma cabeça. Mas desajeitadíssimo em tudo, até no modo de segurar a marreta. Esse desajeitamento divertiu a multidão, que se pôs a gritar:

— Racha-o de meio a meio, Eric!

Os dois contendores tomaram posições e encararam-se como galos de rinha. Mas Eric, ansioso pela lição que pretendia dar no insolente mendigo, atacou logo, acertando o primeiro golpe no ombro do adversário. O mendigo vacilou e fez como se fosse caindo esmagado pela dor, o que levou a multidão o prorromper em assuada. Não caiu, entretanto. Reaprumou-se e, rápido como o relâmpago, assentou na cabeça de Eric um golpe como este jamais levara em toda a sua vida de lutador.

E não houve resistir. Teve de morder o pó, debaixo do assombro do povaréu.

Mas Eric levantou-se logo e foi encostar-se à grade, ofegante, à espera do segundo "round". Viu que tinha pela frente um contendor perigoso, que não cederia facilmente, como os anteriores. E pensou na defesa.

O que então se passou foi a mais interessante e alegre luta jamais travada dentro de Nottingham. Os dois lutadores sabiam guardar-se e atacavam com grande bravura, mostrando-se muito bem emparelhados. O mendigo firmava-se solidamente nos pés e parecia limitar-se a aparar os golpes. Eric, por mais que fizesse, não conseguia alcançá-lo.

49

Por fim, enfureceu-se e começou a chover golpes tremendos, que lembravam saraiva forte em telhado. Esse ímpeto feroz, porém, nada valeu diante da serena firmeza do adversário. Tinha a defesa perfeita, o raio do mendigo. Nenhum golpe lhe alcançava a cabeça.

Súbito, a situação mudou. Quem caiu na defesa foi Eric. Mas inutilmente. Uma violentíssima marretada o apanhou pela cabeça e o fez cair por terra e rolar para fora do tablado. O mendigo literalmente o varrera do campo.

— Vai roncar prosas em Lincoln, mas conta lá que em Nottingham encontraste um homem — gritou-lhe o vencedor, rindo-se.

Tomada de entusiasmo, a multidão fez tamanho barulho que os negociantes acorreram das suas barracas, e gente que vinha passando longe veio no trote ver o que era. O triunfo do pobre mendigo tornou-o incontinenti popular. Eric havia surrado muitos valentões da cidade, de modo que a tunda do mendigo representava uma espécie de reabilitação geral. Entre os que aplaudiam estavam muitos arqueiros do xerife e guardas florestais. Não tardou que também aparecesse o xerife em pessoa.

— Quem é esse figurão? — indagou ele.

— Um desconhecido que acaba de quebrar o topete do famoso Eric de Lincoln — informaram-no.

Logo depois teve começo uma justa de tiro ao alvo, na qual o mendigo também resolveu tomar parte.

— Sim, mas quero outro alvo, mais afastado que esse — gritou. — Haverá alguém por aqui que se atreva a disputar comigo um tiro em alvo colocado onde eu queira? — disse ele, e, tomando do chão uma vara fina, foi fincá-la a cem jardas do alvo oficial.

— Isto sim, isto é um alvo para *homem*! Haverá por aqui quem queira disputar comigo um tiro neste alvo?

Um guarda florestal se apresentou. Fez cuidadosos preparativos, dormiu na pontaria e *zás*! Risos. A flecha foi fincar-se no chão pouco além do alvo. O atirador esgueirou-se dali, vexado, enquanto o mendigo se preparava para o tiro. Sua firmeza era extrema. Apontou a seta, e dessa vez, em vez de riso, houve espanto. A seta fendeu ao meio a vara mirada.

— Viva o mendigo! — gritaram todos. Viva o mendigo!

O xerife soltou uma praga.

— Diabo! Este mendigo é o melhor atirador que ainda vi.

E dirigindo-se a ele:

— Como te chamas, meu homem? De que terra és?

— Nasci em Holderness — repondeu o mendigo —, onde os homens me chamam Reynold Greenleaf. Ando a correr mundo a ver se melhoro de sorte.

— És um formidável gajo, Reynold Greenleaf, e merecedor de melhores roupas que as que trazes no corpo. Queres entrar para o meu serviço? Darte-ei vinte marcos por ano, além de bom passadio e boas roupas — três ternos.

— Três ternos, dizeis vós? Aceito incontinenti a proposta, visto que há anos meu corpo só conhece andrajos.

E voltando-se para a multidão:

— Boa gente, ouvi a grande notícia: acabo de entrar para o serviço do xerife e não mais necessito dos vossos apupos ou aplausos, pois não entrarei em novas justas.

O povo o aplaudiu delirante, com as gorras lançadas para o ar. E homem nenhum em Nottingham pôde gabar-se de haver conquistado em menos tempo maior e mais rápida popularidade do que o desconhecido mendigo.

Desnecessário é dizer o verdadeiro nome de Reynold Greenleaf. João Pequeno, com o nome trocado, encaminhou-se para a casa do xerife e lá ficou em boa colocação. Má ideia teve essa autoridade tomando semelhante serviçal. João Pequeno riu-se consigo e murmurou: "Por Deus! Prometo a mim mesmo ser o pior homem que este xerife ainda tomou a seu serviço".

Dois dias se passaram. João Pequeno provou logo não ser um bom serviçal. Insistia na copa em comer os melhores bocados destinados ao xerife e em beber-lhe o melhor vinho. A criadagem exasperava-se com aquilo. Apesar disso, em virtude da sua extrema perícia no tiro, o xerife começou a prezá-lo, não dando tento às queixas que os outros faziam. Estava resolvido a levá-lo em sua companhia na próxima expedição de caça.

Por fim, chegou o dia do banquete. A sala destinada

a tais festas não ficava no corpo da casa, e sim fora, num pavilhão a ela ligado por um corredor. Desde cedo todos os criados entraram-se de dobadoura para atender aos preparativos — exceto João Pequeno. O gosto dele era deixar-se ficar na cama enquanto os outros mourejavam. Mas naquele dia deu a honra de vir ajudar, embora quando a festa já fosse chegando ao fim. Curiosidade. Veio-lhe a comichão de ver a cara dos convivas, encaminhou-se para a sala com uma bandeja de vinho.

Mas, assim que penetrou na sala, quem havia de ver lá, calmamente sentado à direita do xerife: Robin Hood! A sua surpresa só poderia igualar-se à de Robin. Souberam, entretanto, conter-se, como já vimos, e por fim marcaram aquele encontro na copa. Iriam encontrar-se dentro em pouco, sem que o pobre xerife nem por sombras imaginasse que os tinha em sua casa.

Terminada a festa, já noite alta, João Pequeno lembrou-se que nada havia comido até aquela hora e foi à copa ver o que havia. Encontrou lá o despenseiro.

— Amigo — foi-lhe dizendo —, estou de estômago oco e quero coisas gostosas.

O adiposo despenseiro entreparou, rosnando.

— Senhor dorminhoco, já é muito tarde para falar em comida. Não há nada. Quem não trabalha não come. Já que passou tanto tempo sem lembrar-se da mesa, volte para a cama e espere o dia de amanhã.

— A teoria está boa, mas não concorda com o meu apetite — tornou João Pequeno. — Um gordo da tua marca traz em si reservas para todo um inverno de jejum. Já meu estômago berra por petiscos e petiscos há de ter.

Isto dizendo, João afastou o despenseiro e experimentou a porta do guarda-comida. Fechada. E as chaves na mão daquele toicinho semovente, que as tilintava, a rir.

A raiva fez o faminto agir de pronto. Um murro na porta fechada e ei-la rompida de enorme rombo. João Pequeno meteu lá o olho para ver o que havia dentro. E estava nisso quando o despenseiro, furioso, lhe arruma com o molho de chaves na cabeça. Foi a conta. João voltou-se de soco armado e colocou-o com tal fúria no lombo do despenseiro que o aplastou por terra, sem sentidos.

— Fique dormindo aí — murmurou João —, até que voltem as forças e possa acabar a dormida na cama. Vou agora jantar sem que me aborreçam.

Acabou de arrombar a porta e tirou do guarda-comida o que lá havia — coisas ótimas, um faisão assado e rica pastelaria. E vinho também. Colocou tudo numa prateleira e foi comendo.

Mas o xerife também tinha na casa um cozinheiro, homem valente e forte, que lá dormia. Ouvindo esse homem aquele barulho na copa, veio ver o que era. Encontrou o que sabemos: o despenseiro estirado no chão e o rei dos dorminhocos a banquetear-se.

— Olá! Que é isso por aqui?

— Que é? — repetiu João. — Não tens olhos? Não enxergas? Estou a jantar. Vem fazer-me companhia e ver como é bom este vinho do xerife.

O cozinheiro, disciplinado, revoltou-se.

— Fazer-te companhia? Pensas então que sou algum desordeiro da tua marca, que teima em não conhecer as regras da casa? E, enfurecido com o desplante de João, tomou duma pilha de pratos e lhe arrumou com ela pela cabeça. O barulho da pratalhada a despedaçar-se foi grande, mas não maior que a fúria do cozinheiro, pois, não contente com o bombardeio, ainda lançou mão duma velha espada que viu ali num canto.

— Hum! — rosnou João, com o sangue já a lhe subir à cabeça. — Grande atrevidaço és tu, e tolo, de vires te colocar desse jeito entre mim e meu jantar. A lição que vou dar-te há de ensinar-te alguma coisa, concluiu, sacando da própria espada e cruzando-a com a do cozinheiro.

João, entretanto, tinha pela frente contendor à sua altura. Aquilo virou torneio de esgrima merecedor dum grande teatro. Por uma hora, talvez, lutaram sem que um conseguisse atingir o outro.

— Por Deus — exclamou João Pequeno —, que és o melhor espadachim que ainda encontrei na vida! Proponho tréguas. Interrompamos o combate e juntos ataquemos este faisão e este vinho. Depois, já de barriga cheia, continuaremos a cruzar ferros.

— Aceito! — gritou o espadachim-cozinheiro, amigo das duas coisas — o bom petisco e a boa luta; e, guardadas as armas, ambos dirigiram o ataque contra o faisão e o vinho. Em poucos minutos nada mais restava daqueles dois deliciosos inimigos. Os vencedores deixaram-se ficar em repouso por algum tempo, como que a prolongarem o gosto do rega-bofe. Por fim, o cozinheiro falou:

— E agora, meu caro Reynold Greenleaf, podemos continuar a nossa esgrima. Temos de verificar qual dos dois é o dono do dia.

— Perfeitamente, amigo (pois de ora em diante hei de considerar-te amigo); mas antes de atracar-nos terás de me dizer por que motivo queres que a luta se decida.

— Curiosidade apenas — tornou o cozinheiro. — Curiosidade de saber qual dos dois é realmente a melhor espada. Confesso minha confiança em mim e juro que farei de ti o que ambos fizemos do faisão.

— Tua confiança não é maior que a minha, pois também pretendo, com a minha lâmina, fazer-te a barba com mais apuro do que qualquer bom barbeiro — respondeu João Pequeno. — Mas não agora. Agora, tanto eu como meu chefe temos necessidade de ti. Recolhe a espada e fica sabendo que tens melhor serviço a fazer no mundo do que o que prestas ao xerife.

— Que serviço será? — indagou o cozinheiro, franzindo a testa. — E que chefe é esse a quem misteriosamente se referes?

— Eu! — gritou uma voz nova. Robin Hood.

Robin chegara à copa no momento preciso em que o cozinheiro-espadachim fazia aquela pergunta.

CAPÍTULO

V

Louis Rhead . 1912

COMO O XERIFE PERDEU TRÊS SERVIÇAIS E OS ENCONTROU DE NOVO

O cozinheiro arregalou os olhos, no maior espanto da sua vida. Robin Hood em pessoa, na mansão do xerife!

— Por minha alma! Que audacioso tipo és tu, amigo Robin? Muitas proezas da tua audácia e bravura tenho ouvido contar; mas agora vejo que o que contam não é nem metade. E este ex-mendigo, espadachim inigualável, quem é ele de fato?

— Os homens chamam-lhe João Pequeno — respondeu Robin.

— Pois fica sabendo, João Pequeno, ou Reynold Greenleaf, que me simpatizo contigo como jamais o esperei. E também aqui com o nosso famoso Robin Hood. Pronto estou a deixar esta casa e aderir ao vosso bando, pois o prazer de ser chefiado por tal chefe e ter um companheiro como João é grande. De há muito andava querendo largar esta vida idiota de cozinheiro.

— Falas como um homem! — exclamou Robin, estendendo-lhe a mão. Mas, tenho de voltar para meu aposento antes que algum guarda me descubra cá e me force a mandá-lo para o inferno antes do tempo. Tiveste sorte de que o vinho corresse hoje nesta casa sem conta nem medida, pois, do contrário, a barulheira teria despertado a atenção de toda gente. A bebedeira geral vos salvou, e só eu, Robin Hood, pode declarar-se testemunha do que aconteceu. Se saíres desta casa hoje, encontrar-nos-emos amanhã na floresta.

— Mas, chefe, não suponho que queiras passar a noite aqui. Nada seguro. O mesmo que dormir com corda no pescoço. Vem comigo. O xerife conserva homens atentos em todas as portas de Nottingham, com vigilância redobrada depois que começou a feira: mas sou amigo do guarda da porta oeste, por onde poderemos sair sem perigo. Amanhã será tarde.

— Não, meu amigo, pois pretendo passar por essa porta amanhã, acompanhado do xerife em pessoa. Vós ambos, sim, ireis já, e na fímbria da floresta encontrareis os companheiros. Dizei-lhes que necessito de dois belos veados para amanhã, pois iremos ter comensal de alto bordo.

E Robin desapareceu tão de improviso como entrara.

— Camarada — disse então João Pequeno —, chegou o momento de dizermos adeus à casa do xerife. Mas seria tolice retirar-nos sem umas lembrancinhas. Que achas? Tomando aqui umas tantas peças da sua baixela de prata, lembrar-nos-íamos desse amável cavalheiro sempre que delas nos servíssemos em nossos comes lá na floresta.

— Bem pensado — concordou o cozinheiro.

Arranjar um grande saco e enchê-lo de quanta prata nele cabia foi obra dum instante. Em seguida, partiram cautelosamente, indo reunir-se ao bando lá na Floresta de Sherwood.

No dia seguinte, a criadagem do xerife levantou-se tarde. O despenseiro voltou a si, mas sua cabeça estava em tal estado que não percebeu o desaparecimento da baixela; o furto, pois, passou ignorado naquele dia.

Conforme a combinação, Robin Hood foi conduzido à presença do xerife, à hora da primeira refeição. O negócio tratado na véspera não saía da cabeça da gananciosa autoridade. Evidentemente sonhara com aquilo durante a noite inteira. E como Robin continuasse a representar o tolo, tudo parecia correr maravilhosamente bem. Que negócio! Quinhentas reses gordas por vinte moedas!

Partiram, afinal, Robin na sua carriola de açougueiro e

o xerife a cavalo. A porta oeste se abriu de par em par e lá se foram os dois rumo à Floresta de Sherwood. Ao chegarem a certo ponto de arvoredo cerrado, Robin pôs-se a cantar.

— Que alegria tamanha é essa, meu amigo? — indagou o xerife, que já se sentia inquieto com o silêncio da mata.

— Canto para reerguer minha coragem — foi a resposta de Robin.

— Coragem? Receias então qualquer coisa, estando, como estás, na companhia do xerife de Nottingham? — exclamou pomposamente a autoridade.

Robin coçou a cabeça.

— É que dizem por aí que o tal Robin Hood e seus companheiros não ligam a menor importância ao xerife.

— Bah! — explodiu este. — Gabolices de bandoleiro. A vida de Robin valerá menos que um trapo no dia em que eu lhe puser a mão em cima.

— Sei disso. Mas no dia em que fui à feira, esbarrei com Robin e vários do bando aqui por estas imediações.

O xerife entreparou, já assustado; qualquer rumor de galho seco fazia-o voltar a cabeça.

— Quê? Viu-o, então?

— Claro que vi. Robin queria apanhar esta carriola para ir com ela à feira. Declarou que tencionava fingir de açougueiro. Lá está o gado!

Alcançavam nesse momento uma curva do caminho

que, dobrada, lhes permitiu ver um rebanho de veados reais, pastando sossegadamente.

— Estou vendo. São os veados do rei. Que tem isso?

— Engano, excelência — disse Robin. — Veados, nada. São os meus bois gordos. Que tal os acha? Gordinhos, hein? Dá gosto ver manadas assim...

O xerife sofreou as rédeas num movimento brusco.

— Estou compreendendo tudo e quero ver-me quanto antes fora desta mata; longe de tal gado e de tal proprietário de gado. Segue teu caminho que seguirei o meu.

— Devagar, amigo! — respondeu Robin, levando a mão à rédea do cavalo. — Custou-me muito conseguir a amizade e a companhia do nosso caro xerife, para que dele me separe desta maneira. Além disso, quero apresentá-lo a vários amigos, e ainda que jante conosco. Retribuirei desse modo as gentilezas com que fui obsequiado na Mansion House.

Isto dizendo, tirou da buzina um som profundo, em três notas. Os veados sumiram-se no galope, e logo a seguir entraram a aparecer de todos os lados homens vestidos de pano verde de Lincoln, de arcos em punho e espadas à cintura. Vieram rodear Robin, tirando das cabeças as gorras em gesto de submissão. O xerife abria a boca, sem saber o que pensar.

— Bem-vindo seja, senhor! — disse um ironicamente, dobrando os joelhos diante da estarrecida autoridade.

O assombro do xerife recresceu: era o seu criado Greenleaf!

— Tu, aqui! — gaguejou. — Tu, Reynold Greenleaf! Quer dizer que me traiu...

— Traído fui eu! — replicou João Pequeno —, pois que me deixaram sem jantar no dia do banquete. Mas não pagarei na mesma moeda. Quero — e todos nós aqui igualmente o queremos — que a primeira autoridade de Nottingham se regale com o jantar que vamos oferecer-lhe.

— Boa ideia, João Pequeno! — concordou Robin. — Segura a rédea do cavalo do xerife. Temos de honrar este homem como ainda não honramos a nenhum.

E a caravana verde se pôs em marcha, rumo ao coração da floresta.

Depois de muitas voltas à direita e à esquerda, que deixaram os miolos do xerife tontos, os verdes tomaram por uma trilha estreita, que os levou a uma aberta rodeada de carvalhos. Bem no meio ardia um fogo, em torno do qual outro grupo de verdes se reuniam, ocupados com a cozinha. Repetiram-se as saudações ao chefe Robin Hood.

Will Stuteley estava com eles; ao ver a cara aterrorizada do xerife, como a dum ladrão pilhado em flagrante, deitou-se por terra, pedindo para a autoridade apear-se sobre seu corpo, não sendo o chão de Sherwood digno de receber o primeiro contacto dos pés de tão alta personagem.

— Rejubilai-vos, camaradas! — gritou Robin Hood. — E enquanto o novo cozinheiro prepara o jantar em honra do nosso hóspede, homenageemo-lo com alguns jogos.

O cozinheiro e seus ajudantes voltaram ao serviço, e Robin levou o xerife a um tronco morto de carvalho, no qual o fez sentar-se, por sua vez sentando-se-lhe ao lado, em nível inferior. Começaram os jogos. Primeiramente, luta ou esgrima a estadulho — e o xerife, que adorava todas as espécies de luta, esquecido de sua penosa situação, acabou aplaudindo com palmas e gritando, cada vez que um bom golpe o entusiasmava: "Bravos! Nunca vi golpe assim nas feiras de Nottingham!". Depois vieram os atiradores de setas. A oitenta jardas foi posta uma grinalda de folhas verdes e o atirador que não fizesse suas flechas passarem por dentro, sem tocar sequer uma folha, era simuladamente submetido a uma surra de João Pequeno. Estavam todos afeitos àquele esporte, de modo que não erravam; e, quando erravam, era de propósito, para permitir à assistência o regalo das tundas de João, recebidas entre gargalhadas. E o curioso é que entre as gargalhadas nenhuma valia as do xerife, já completamente conquistado pelo bom humor dos bandoleiros verdes.

Isso, entretanto, durou pouco. Chegada a hora do jantar, ao servi-lo Much, o xerife reconheceu o seu próprio cozinheiro, homem que até a véspera lhe merecera toda a confiança e que jamais supôs estivesse ali. Outra surpresa foi ver que lhe serviam em peças da sua famosa baixela de prata. Era demais!

— Bandidos! — explodiu ele, tocado na fibra mais delicada, a do proprietário. — Não foi bastante o defraudarem-me de dois dos meus criados; também me roubaram uma baixela preciosa. Por coisa nenhuma desta vida tocarei no jantar que me oferecem. É uma afronta intolerável.

Robin Hood interveio.

— Ora, ora! Criados entram e saem, nesta nossa alegre Inglaterra. E a baixela foi trazida porque nos pareceu indigno do nosso alto hóspede obsequiá-lo na humilde louça que usamos. Sentai-vos, senhor, e coroei com cara alegre. Não correis perigo nenhum na gentil companhia dos vossos amigos verdes.

O xerife teve de aceitar aquelas razões e sentar-se e comer. E como estivesse com fome, comeu mais e com mais prazer do que qualquer dos bandoleiros. Jantar mais alegre ninguém ainda viu. As saudações se sucediam, cada qual mais viva e graciosa. Além disso, aquele ambiente de velhos carvalhos constituía uma moldura nova para o homem da cidade.

Por fim, o xerife ergueu-se e falou.

— Agradeço-vos, a ti, Robin Hood, ex-açougueiro, e também a ti, João Pequeno, ex-mendigo, e também a ti, Much, ex-cozinheiro de minha casa e a todos os mais que gentilmente me obsequiaram nesta mata. Promessas não faço, de como receber-vos quando vos tiver em Nottingham, já que estou a serviço do rei; mas confesso que a partida foi ganha pelo bando verde. Entretanto, como já é tarde, tenho de ir-me, e seria favor que algum de vós me reconduzisse à estrada.

Todos se levantaram e beberam à saúde do xerife. Robin falou:

— Se vossa excelência quer retirar-se já, não objetarei. Acho, porém, que duas coisas foram esquecidas.

— Quais poderão ser elas? — indagou o xerife, com a inquietação na alma.

— Esqueceu-se vossa excelência de que veio até cá para adquirir uma ponta de animais de chifre. Esqueceu-se também de que quem se banqueteia nesta Hospedaria Verde tem de pagar a conta.

O xerife piscou várias vezes, como menino que esquece a lição.

— Tenho comigo pouco dinheiro — disse ele, já se colocando em posição de defesa.

— Quanto tem? — inquiriu João Pequeno. — Há ainda o meu salário a pagar.

— E o meu! — ajuntou Much.

O xerife começou a sentir uma estranha sufocação.

— Por minha alma, será que esta baixela de prata não paga essas pequenas dívidas?

Os bandoleiros riram-se às gargalhadas.

— Vamos fazer as contas — disse Robin — e serei generoso. A baixela fica em pagamento dos salários devidos a João e a Much. Bem. Eu desistirei do negócio dos veados; ficarão eles aqui mesmo, para uso nosso e do rei. Mas a conta da Hospedaria Verde tem de ser paga. Qual a soma de dinheiro que o nosso bom xerife traz consigo?

— Só tenho aqui vinte peças de ouro e mais vinte miúdas — respondeu a autoridade; e, apesar do crédito que merecia a palavra de tão alta autoridade, Robin mandou que João desse busca e lhe contasse o dinheiro.

João deu a busca e verificou que a autoridade não mentira.

— Exato — disse. — Quarenta moedas; vinte de ouro, o resto miuçalha.

— Perfeitamente — disse Robin. — Nesse caso, vossa excelência pagará apenas vinte moedas de ouro pelo magnífico jantar que teve. Que acham os meus companheiros?

— Concordamos plenamente com a proposta — gritaram todos.

Will Stuteley acrescentou:

— E o xerife vai ainda jurar por todos os santos do calendário que não nos molestará nunca — e todo o bando concordou com a ideia.

— Assim seja — gritou João Pequeno, aproximando-se da autoridade. — Queira vossa excelência jurar por todos os santos...

— Jurarei por São Jorge, que é o padroeiro de todos nós — disse o xerife. — Jurarei jamais perseguir os bandoleiros verdes na Floresta de Sherwood. — E mentalmente murmurou para si mesmo: "Mas eu que apanhe um fora de Sherwood!".

Em seguida as vinte peças de ouro mudaram de mãos e mais uma vez o xerife levantou-se para partir.

— Nunca tivemos um hóspede mais alto e mais digno de memória — declarou Robin. — E como fui eu que o introduzi na floresta, serei eu mesmo quem o vai levar para fora dela.

— Protesto contra o levar-me até fora dela! Basta que me ponhas na trilha. Farei por mim mesmo o resto do caminho — reclamou o xerife, cada vez mais ansioso por libertar-se daquela gente.

Robin objetou:

— É que não quero perder nem um minuto da preciosa companhia do nosso grande xerife. Muito provável que em outro encontro, que o acaso nos proporcione, eu não ache tão boa a sua companhia, como a estou achando hoje...

Disse, e tomando pelas rédeas o cavalo da autoridade, o levou pelos meandros da mata, até o ponto de saída na estrada real para Nottingham. Lá parou.

— Bem, xerife, aqui nos separaremos. Adeus.

Quando tiver outra oportunidade de despojar dos seus bens a um ingênuo, lembre-se do rebanho de quinhentas cabeças que pretendia comprar por vinte moedas. E quando tomar a serviço um novo criado, veja se não é ele que está tomando a seu serviço o xerife...

Uma palmada na anca do cavalo e nada mais. Robin sumiu-se na floresta.

CAPÍTULO VI

Louis Rhead . 1912

COMO ROBIN ENCONTROU WILL SCARLET

Por uma agradável manhã, pouco depois dos acontecimentos narrados, Robin Hood e João Pequeno estavam a caminhar por uma trilha da floresta. Perto ficava a ponte sobre a torrente, onde os dois companheiros haviam travado a tremenda luta do primeiro encontro. Instintivamente para lá se dirigiram. O dia já estava quente, e a água de lá era sempre gelada.

Trilha poenta. Lado a lado, campos de trigo novo. Ao longe, os alentados carvalhos e faias da fímbria da floresta. Humildes violetas, ocultas nos recessos, perfumavam o ar. As margens da torrente já se avistavam dali.

Lá chegados, e depois de matarem a sede, deitaram-se na relva fresca, com os olhos no céu. Silêncio apenas quebrado pelo murmúrio da água e no céu também o silêncio.

A estrada ficava próxima. Súbito, perceberam que vinha alguém — e muito satisfeito consigo, pois que assobiava com despreocupação.

— Dá gosto ver uma criatura contente consigo e o mundo — observou Robin, levantando-se num ombro. — Será que tem a bolsa tão leve como o coração?

Imobilizaram-se os dois bandoleiros, em atitude de tocaia. Não tardou que os defrontasse um elegante desconhecido, entrajado de seda escarlate, chapéu gracioso, com uma pena de faisão à banda. Todo escarlate, das meias ao chapéu. Bela espada à cintura, com bainha finamente cinzelada. Cabelos longos e louros, cacheados. Uma deliciosa figura de leque.

João Pequeno piscou, divertido.

— Por Deus, está ali um passarinho de luxo!

— E acrescentou: repara no belo torneio das pernas e como tem os braços bem-feitos. Será que tão graciosa criatura sabe usar a fina espada que traz?

— Qual! — murmurou Robin. — Isso é homenzinho de embasbacar damas da corte. Aposto meu arco como dispara aos berros à vista dum bom estadulho. Vamos ver o que vale. Fica escondido aqui. Talvez sua bolsa bordada contenha mais moedas do que nossa lei o permite a qualquer homem de Sherwood ou Barnesdale.

Assim dizendo, Robin Hood correu para a estrada e plantou-se diante do desconhecido. Este, que vinha devagar, de nenhum modo modificou o andamento da sua marcha. Continuou com a mesma despreocupação, como se a figura de Robin o interessasse tanto como a de qualquer árvore marginal.

— Alto! — gritou o bandoleiro. — Que significa isso de andar pela estrada sem ver quem tem pela frente, senhor mundo-da-lua?

— E por que motivo havia eu de não andar assim? — disse o desconhecido em voz suave, pondo os olhos em Robin pela primeira vez.

— Porque não quero! — replicou Robin.

— E quem é o amigo? — tornou o moço sem a menor alteração de tom.

— Pouco importa meu nome — disse Robin. — Mas saiba que sou um coletor de dinheiro e aliviador de bolsas. Se a tua contém mais de certo número de xelins, devo aliviá-la do excedente, porque muitas criaturas há cá pelas redondezas que possuem menos que o tal número de xelins. Em consequência disso, gentil mancebo, peço que me passes a bolsa para o devido exame.

O desconhecido sorriu, como se estivesse ouvindo uma amabilidade de dama da corte.

— És um homem engraçado — disse ele calmamente.

— O discurso que acabas de pronunciar diverte-me enormemente. Continua, se queres, pois estou sem pressa nenhuma esta manhã.

— Disse tudo quanto era necessário dizer — respondeu Robin Hood, já a avermelhar de cólera. — Tenho, entretanto, outros argumentos que talvez não pareçam tão suaves à pele macia do amigo. A bolsa, já. Farei um exame honesto.

— Ora, ora! — exclamou o moço, sacudindo os ombros. — Lamento muito ter de recusar-me ao exame da minha bolsa, pois tenho precisão de todo o dinheiro que nela se contém. Assim sendo, peço-te o obséquio de saíres da minha frente.

— Mal vai a coisa! Se recusas a fazer o que mando, terei de empregar meios mais convincentes.

— Amigo — tornou o moço suavemente —, já ouvi com paciência todo o teu discurso; e é tudo quanto prometi fazer. Minha consciência está tranquila, mas tenho de continuar o meu caminho. Tra-lá-rirá — cantarolou, e pôs-se em marcha, procurando desviar-se de Robin.

— Alto! — gritou o bandoleiro já esquentadíssimo, pois adivinhava as risadas de João Pequeno lá em seu fojo. — Alto, repito, ou tenho de começar achatando esse nariz — e ergueu o estadulho ameaçadoramente.

— Que maçada! — suspirou o desconhecido.

-Que pena! Será que terei de atravessar esse empecilho com a minha espada, eu, que sempre fiz tenção de não espetar ninguém? E com outro suspiro arrancou da espada, pondo-se em posição de defesa.

— Larga essa arma! — gritou Robin. — Muito linda para ser feita em pedaços pelo meu estadulho; mas isso acontecerá se fizeres um movimento em minha direção. Apanha um pau da floresta e põe-te em igualdade comigo, homem a homem.

O moço pensou um momento, medindo Robin de alto a baixo. Depois desabotoou o cinto e sacou-o com a bainha da espada, que acomodou no chão com a lâmina ao lado — e dirigiu-se a um carvalho próximo. Escolhendo sem pressa entre os fortes brotos encontrou um que lhe pareceu bom. Arrancou-o do tronco e foi desembaraçando da galhaça menor, como se estivesse fazendo a coisa mais simples do mundo.

Do seu esconderijo, João acompanhava a cena e era a custo que se continha. "Meu chefe Robin não me parece em bons lençóis", pensou consigo.

Embora Robin houvesse observado a facilidade com que o desconhecido arrancara o rebento da carvalheira, não pronunciou nenhuma palavra, nem recuou uma só polegada. Apenas firmou a mão no estadulho.

A surpresa daquele dia foi enorme e tríplice. Tanto Robin como o moço de escarlate e João Pequeno, escondido à beira do rio, confessavam de si para si que combate como aquele jamais fora visto. O desconhecido, apesar de toda a sua força e agilidade, encontrou pela frente um prodigioso contendor. Robin admirava-se de não poder atingi-lo com os seus golpes; parecia fechado, e João Pequeno arregalava cada vez mais os olhos.

Ora avançando, ora recuando, os lutadores atacavam e

livravam-se de tremendos golpes, um só dos quais bastaria para moer-lhes os ossos, se alcançassem o alvo. Por fim, o cansaço foi enfraquecendo a defesa e por três vezes Robin tocou no moço de escarlate — e com golpes suficientes para derribar outro menos rijo. Também o moço atingiu Robin duas vezes, terrivelmente da segunda. O primeiro desses golpes colheu-o pelo pulso e, embora fosse de raspão, quebrou-lhe os dedos, de modo a impedi-lo de segurar com firmeza o estadulho. E enquanto Robin dançava com a dor e maldizia a sorte, veio de surpresa o segundo *zipe*!, que o apanhou pela espádua. E Robin veio por terra, mordendo o pó. Quando começou a erguer-se para retomar a luta, João Pequeno interveio.

— Basta! — gritou ele saltando da moita e segurando o estadulho do desconhecido. — Basta!

— Olá! Eu não estava me preparando para desancá-lo enquanto caído — murmurou com a maior calma o moço. — Não sou desses. Mas se há mais alguém escondido aí pelas moitas, que venha, que lutarei contra todos.

— Meus homens não atacarão um bom parceiro da sua marca, tão cavalheiresco — disse Robin.

— E também eu não prosseguirei na luta, pois tenho o pulso e a mão em miserável estado. Nem permitirei que nenhum dos meus companheiros aceite o desafio.

O estado de Robin apiedou João Pequeno. Sujo de pó, uma das meias caídas, a manga do casaco rasgada, o rosto empastado de suor e terra; nunca ninguém o viu em tão mau estado.

— O feitiço vira-se às vezes contra o feiticeiro — murmurou João Pequeno. — Deixe-me espaná-lo, chefe.

— A *Bíblia* diz que somos pó e bem compreendo isso agora, porque além do pó que tenho na roupa sinto-me todo pó por dentro; sobretudo na garganta, de tanto que engoli. Com licença — e encaminhou-se para o riacho, onde bebeu sofregamente e lavou o rosto e as mãos.

Enquanto isso, o desconhecido observava-o atento, como desejoso de recordar-se de algo. Por fim disse:

— Se não me engano, estou diante do famoso bandoleiro Robin Hood, de Barnesdale, não?

— Exatamente — respondeu Robin —, mas minha fama ficou em bem mau estado hoje, com tanta poeira que comi.

— Por que não te deste a conhecer logo no princípio? — continuou o moço. Ficaríamos dispensados da luta, visto como vim com o fito único de encontrar-te por aqui. Será que não reconheceste ainda, Rob, ao teu companheirinho de Gamewell Lodge?

— Will Gamewell! — exclamou Robin na maior alegria. — O meu velho amigo Will Gamewell! — e lançou-se-lhe nos braços. — Que grandíssimo asno fui eu não te reconhecendo! É que já se passam muitos anos desde que nos vimos pela última vez. Era menino de escola; e como a escola te apurou, meu caro!

Will apertou nos braços o primo Rob, carinhosamente.

— Natural que não me reconhecesses, porque também

não te reconheci. Estás bastante longe do meu companheirinho de corridas pela floresta.

— Mas por que vieste procurar-me? — inquiriu Robin.

— Não sabes que sou bandoleiro, homem fora da lei, eternamente perseguido? E como lá deixou meu tio? E como vai.... Marian?

— Responderei em primeiro lugar à última pergunta, porque é a que vem mais diretamente do coração. A derradeira vez que vi Marian foi no torneio da feira de Nottingham, quando a flecha de ouro foi conquistada por ti. Marian recebeu o prêmio como a coisa mais cara que poderia vir ter-lhe às mãos, embora tua homenagem lhe trouxesse o ódio da orgulhosa filha do xerife. Marian pediu-me para dizer-te, se acaso te encontrasse, que ela tem de voltar para a corte da rainha Eleanor, mas que jamais esquecerá os grandes dias passados na floresta. Quanto a meu pai, continua o homem de sempre, apesar do reumatismo. Fala de ti como dum cão perigoso, embora secretamente se orgulhe da tua perícia no arco e da maneira como humilhaste o xerife, que ele detesta. Por amor a meu pai é que me pus ao largo, e estou um "fora da lei" como tu. Tivemos lá um despenseiro, que enquanto andei no colégio soube empolgar a todos da casa. Tornou-se imprudente e despótico, sempre tolerado por meu pai, que o tinha como indispensável à administração das nossas propriedades. Mas, quando deixei os estudos e voltei, a autoridade daquele estranho me revoltou. Travou-se a luta. Um dia, apanhei-o murmurando coisas contra meu pai. O miserável acoimava-o de "louco intrometido". "Louco intrometido és tu, patife!", gritei eu, aparecendo de improviso — e amassei-o mais do que era caso, porque os meus músculos enganam-se sempre em matéria de dosagens. O homem rolou por terra e na terra ficou. Suponho que lhe parti o pescoço. O xerife, então, tomou o incidente como pretexto para perseguir meu pai, como acoutador dum criminoso. Resolvi dizer adeus ao mundo e vir em tua procura.

— Por São Jorge! — exclamou Robin. — Para um homem com a lei atrás de si, tua serenidade assombra! Ao ver-te na estrada, tão ricamente emplumado de escarlate e a assobiar no maior desprendimento, admiti tratar-se de criatura de coração totalmente limpo de cuidados. E disse ao João Pequeno: "Quero ver se este gajo tem a bolsa tão leve como a alma".

— Oh, com que então este é o João Pequeno? — exclamou Will, rindo-se. — João Pequeno, o Grande? Troquemos um aperto de mão, amigo, e desde já combinemos uma luta amiga para medição de forças.

— Ótimo! — exclamou João alegremente, estendendo-lhe a munheca enorme. E teu nome, amigo?

— Não cuidemos dos velhos nomes — interveio Robin. — Aqui na floresta todos somos rebatizados; e tu, meu caro Will, impões logo à primeira vista um nome adequadíssimo, Will Scarlet! Bem-vindo seja à Floresta de Sherwood o novo companheiro Will Scarlet!

Abraçaram-se os três e Will jurou fidelidade e respeito às leis do bando verde.

CAPÍTULO VII

Louis Rhead . 1912

APARECE FREI TUCK

Ao vir da primavera, quando tudo eram folhinhas tenras e botões, Robin Hood e seus alegres companheiros sentiram um desejo louco de brincar. E um pulava, e outro corria e outros se digladiavam com as espadas ou se desafiavam para proezas de tiro ao alvo. Também se entretinham em lutas corpo a corpo, transformando em diversão uma ginástica que os vinha tornando o grupo de mais fama em esportes de toda a Inglaterra.

O gosto de Robin era atrair para o bando os melhores homens da região. Sempre que ouvia falar de alguém excepcionalmente dotado para este ou aquele gênero de luta, procurava jeito de encontrar-se com o herói e travar com ele pega — no qual nem sempre Robin levava a melhor. E se se agradava do gajo, tudo fazia para que se incorporasse ao bando.

Certa vez em que João Pequeno, no exercício diário, lançou uma seta a quinhentos pés de distância, Robin Hood teve uma ideia.

— Deus te conserve sempre assim, João — disse ele batendo no ombro do amigo. — Suponho que um tiro desses o mundo jamais viu. Mas tenho uma ideia: descobrir quem possa emparelhar-se contigo, ainda que para tal eu tenha de fazer mil milhas.

Will Scarlet riu-se, levemente enciumado com o louvor do chefe ao agigantado atirador, e disse:

— Na Abadia de Fontains existe um frade — Frei Tuck é o seu nome — que pode perfeitamente bater os dois — a ti, Robin, e a ti, João.

— Sério? Pois juro que nada mais comerei nem beberei antes de conhecer semelhante frade e tirar a prova provada do que afirmas.

E com sua usual impetuosidade, naquele mesmo momento começou a preparar-se para a nova aventura. Vestiu-se. Na cabeça colocou um elmo, ou melhor, uma cuia de aço, e sob a veste verde uma cota de malhas também de aço; tomou da espada e do escudo e não esqueceu do arco e das flechas.

Assim apetrechado, partiu com o coração alegre, invadido

que estava da alegria ambiente que a primavera põe no mundo. Depois de muito caminhar, deu numa pradaria cortada de límpido riacho, com bordadura de salgueiros. O encanto da paisagem prendeu-o. Deixou-se ficar por ali, num enlevo, a descansar e a estudar o rumo que tomaria.

Estava sentado à sombra dum velho salgueiro quando ouviu as notas de uma canção, vindas de longe. Depois, o canto degenerou em disputa. Eram dois homens. Um gabava os méritos do pudim. Outro defendia a excelência dos empadões, "sobretudo quando perfumados com cebolinhas", dizia ele.

— Raios e trovões! — exclamou Robin. — Isto faz mal a um homem esfaimado como me sinto. Pela primeira vez na vida vejo dois homens em viagem debaterem um assunto assim. E a fala de um é exatamente a fala de outro.

Aquilo de fato maravilhou Robin, pois era impossível conceber-se duas vozes tão irmãs.

Nisto, a moita de salgueiros da margem oposta se abriu e Robin riu-se. Estava explicado o mistério. Não se tratava de dois homens cantando em dueto e disputando entre si — mas dum gordo frade em seu clássico burel, com um grosso cordão amarrado à cintura. Na cabeça trazia um elmo de cavaleiro andante e na mão, em vez de arma, um enorme empadão, que vinha comer à beira do riacho. O frade sentou-se. Na disputa entre o pudim e a empada, triunfara a empada, o que era natural, só ela estando ali presente.

O frade tirou da cabeça o elmo. Que cabeça! Um perfeito

queijo matematicamente esférico — e lustroso, envernizado, sem um só cabelo no topo. Cabelos, e encaracolados, ele os tinha de meio queijo abaixo, em círculo. Suas faces também eram lustrosas, macias e coradas. Os olhos cinzentos dançavam da maneira mais cômica à flor do rosto. Natural que Robin a custo contivesse a gargalhada, com esperar a aparição de dois homens disputantes e ver surgir apenas tão cômica figura de frade. Todo ele recendia bom humor e boa vida, embora fosse muscularmente forte, desses que cuidam de si e jamais esperam que mais alguém os ajude. Pescoço não tinha nenhum. Atarracado como um touro de Berkshire; ombros larguíssimos e braços plantados no tronco tal como o galho da carvalheira adere ao lenho. Ao arregaçar o hábito para sentar-se, deixou entrever um escudo e uma forte espada, ao tipo da de Robin.

Robin, entretanto, não se atemorizou à vista daquelas armas. Bem ao contrário: encheu-se de ardor à vista do empadão — e de água na boca.

Seus olhos positivamente devoravam o petisco, que o frade imediatamente dividiu ao meio e começou a comer.

Robin tomou do arco. Ajustou nele uma flecha e mostrou-se.

— Olá, fradinho! — gritou. — Vem carregar-me.

Quero atravessar esta água sem molhar os pés.

O frade olhou-o, espantado; depois disse alegremente:

— Abaixa isso, amigo. Passá-lo-ei para cá sem que sejam

necessárias violências e ameaças. Temos na vida o dever de ajudar-nos uns aos outros, e a tua aparência é a de homem que merece toda a atenção.

Disse e fez. Pôs de lado o empadão, despiu-se da espada e do escudo e, arregaçando o hábito, atravessou a corrente, para vir oferecer o seu dorso ao impertinente comensal inesperadamente aparecido.

Robin cavalgou o gordo toitiço que se lhe oferecia, e lá o levou o frade, sem nada dizer antes de alcançar a margem oposta.

Chegados que foram, Robin apeou-se e disse:

— Bom frade, muitíssimo grato te fico pelo grande serviço prestado.

— Sim. Mas como desejo ficar igualmente grato — respondeu o frade passando a mão na espada —, tens de fazer para mim o que fiz para ti. Meu interesse, que é todo de ordem espiritual, está na outra margem do rio. O teu interesse, todo carnal, está nesta. Ora, como bom homem que és, não te recusarás a servir à Igreja. E assim te suplico, meu filho, que me carregues em teu lombo para a margem donde te trouxe, pagando-me na mesma moeda.

Isso foi enunciado cortesmente, mas a maneira firme com que o frade tinha empunhado a espada dizia coisa diversa.

— Muito lamento não poder atender-te, meu bom frade, porque não tenho intenção de molhar meus pés — tornou Robin.

— Serão por acaso teus pés melhores que os meus? Lembra-te que molhei os meus, com perigo de grave ataque de reumatismo.

— Mas não sou tão forte como o meu bom amigo frade é — disse Robin. Carregar-te ao lombo com essa espada e esse escudo e o empadão, isso me faria perder o pé — e lá nos empapávamos os dois.

— Nesse caso aliviar-me-ei das armas. Promete que me carregarás no lombo que me desarmarei incontinenti.

— Aceito! — exclamou Robin. E o frade desarmou-se e Robin o tomou no lombo para levá-lo à outra margem.

Robin não era familiar com aquela correnteza, onde havia pedras lisas e lugares mais fundos.

Além disso, a carga que tomara aos ombros era formidável, porque frade pesado como aquele talvez não houvesse outro no mundo. E Robin caminhou cai-não--cai, esmagado pelo peso imenso e a maldizer lá consigo a aventura em que se metera. Mas foi feliz. Depois de muitas proezas de equilibrismo, conseguiu depor o frade na margem oposta.

Mal o largou por terra, levou a mão à espada.

— Agora, meu querido frade — disse ele arquejante e lavado em suor —, vou repetir o que dizem as Escrituras: "Não te canses de bem-fazer". Vais levar-me novamente para lá, ou eu te corto esse queijo da careca em fatias.

Os olhinhos do frade piscaram cavorteiramente de modo

a incomodar Robin Hood, mas suas palavras mantiveram-se no tom cortês de até ali.

— Tua agudeza é grande, meu filho — disse ele —, e vejo que as águas vadeadas não a embotaram. Pronto estou mais uma vez para apresentar o lombo ao meu opressor e carregar o peso do seu orgulho.

Robin novamente encavalgou o frade, sempre de espada na mão. Começou a travessia. Mas, ao chegarem ao meio da correnteza, o cavalgado com um tranco fê-lo perder o equilíbrio e lá se foi Robin para o mergulho.

— Toma, amigo! — gritou o frade. — E agora escolhe o que mais te convém, se nadar ou morrer afogado. És livre de optar por uma coisa ou outra — disse e encaminhou-se para a margem do rio, enquanto Robin se debatia para alcançar uma raiz de salgueiro, à qual agarrar-se.

Agarrou-a, guindou-se em seco e, furioso da vida, começou a lançar flechas uma atrás da outra contra o inimigo. As setas, porém, eram todas aparadas pelo escudo de aço, atrás do qual se escondia o terrível frade, a rir-se como se estivesse apenas a defender-se contra uma chuva de pedras.

— Atira, atira, meu filho! — gritava ele. — Uma cena destas diverte-me imensamente.

Robin lançou todas as setas que trouxera e, quando se viu sem nenhuma, passou aos insultos.

— Vilão! — berrou. — Hipócrita cantador de salmos! Pudim feito homem! Chega-te ao alcance da minha espada que, frade ou não frade, acabarei de pelar esse coco reluzente. Quero barbear-te como frade nenhum jamais o foi.

— Devagar, devagar, amigo — respondeu o frade calmamente. — Palavras de insulto nada valem. Se queres um bocado de esgrima, suspende com o bombardeio verbal e chega-te a mim.

Mas como um estava numa das margens e o outro noutra, foi o frade quem novamente cruzou o rio, de espada em punho, e sem mais preâmbulo lançou-se contra o impetuoso bandoleiro.

A luta foi feroz. Com altos e baixos, ora a vantagem deste lado, ora daquele, bateram-se como dois mestres de forças equivalentes. Das espadas rompiam faíscas, quando se chocavam no ar. O tempo corria e um não dominava o outro. Muitos golpes atingiram o bandoleiro, mas sem lhe fazer mossa, defendido que estava pela cota de malhas. Mesmo assim, suas costelas se ressentiam dos choques. Por fim, suspenderam a luta por mútuo acordo, cada um a olhar para o outro como o mais forte contendor que ainda haviam topado em vida.

Findo o breve descanso, recomeçaram — mas, depois, Robin pisa num pedregulho redondo e cai com um joelho em terra. Seu antagonista, porém, não se aproveitou da vantagem. Esperou que Robin se erguesse.

— Por Nossa Senhora! — exclamou o bandoleiro usando a sua invocação favorita. — Sois sem dúvida nenhuma o melhor espadachim que até hoje vi. E tão bom espadachim há de dar-me licença para uma coisa.

— Que é? — indagou o frade.

— Que eu leve à boca esta buzina e tire três toques.

— Pois faça isso. Sopra na buzina até rebentar os pulmões, se queres.

Robin assim fez. Com os restos de fôlego que lhe restavam, tirou três agudos toques, que ecoaram até muito longe dali. Logo depois começaram a surgir seus companheiros — mais de cinquenta verdes armados de flechas e em corrida desabalada.

— Que homens são esses? — indagou o frade. — Por que correm tanto?

— Minha gente — respondeu Robin, já aliviado e sentindo que o seu momento de ir chegara.

— Bom, bom, disse o frade. Dei-te ensejo de tocares a buzina. Em paga vais dar-me ensejo de uns assobios — e levou dois dedos à boca, arrancando um silvo agudíssimo. Sem demora irrompeu de certo ponto um bando de alentados mastins, que ficaram ao lado do frade ao mesmo tempo que os homens verdes se colocavam ao lado de Robin.

— Um mastim para cada um dos teus homens, gritou o frade — e tu para mim!

A luta que se travou foi famosa — e absolutamente louca. Stuteley, Much, João e os demais entraram a lançar suas flechas contra a margem oposta; mas os cães, ensinadíssimos, evitavam-nas com extrema rapidez e apanhavam-nas no ar.

— Jamais vi coisa assim em toda minha vida! — berrou João Pequeno, assombrado. — Juro que se trata de feitiçaria pura...

— Recolhe teus cães, Frei Tuck! — gritou Will Scarlet, que estava a rir-se da cena.

— Frei Tuck! — exclamou Robin, arregalando os olhos. — És tu, amigo, o famoso Frei Tuck? Pois para encontrar-te vinha eu — e para pedir tua amizade.

— Não passo dum pobre anacoreta, um simples frade — respondeu Tuck assobiando para os mastins. — Há sete anos que sirvo na abadia aqui perto, fazendo sermões aos domingos, batizando, casando e enterrando gente — e ai de mim também lutando quando há necessidade disso. Jamais encontrei quem me escorasse — mas hoje vejo que tenho pela frente rapazes decididos. Tua lâmina, por exemplo, considero-a sem-par. Confesso meu desejo de saber quem és.

— Estás diante de Robin Hood, o bandoleiro verde — respondeu Will Scarlet.

Foi uma gargalhada, à qual Robin e o frade aderiram de coração.

— Robin Hood! Tu! — gritou o frade aproximando-se. — De muito que por toda parte ouço tuas façanhas, e pois terei prazer imenso em compartilhar com tão famoso chefe a minha empada.

— Dizendo a verdade inteira — respondeu Robin —, foi essa empada a causadora de tudo. Eu havia partido com o juramento de não beber, nem comer antes de encontrar-te — e com a fome que me devorava, a vista do empadão me enlouqueceu. Temos necessidade de ti, Frei Tuck. Dar-te-emos uma ermida na Floresta de Sherwood, e lá cuidarás das nossas almas. Queres juntar-te ao nosso bando?

— Claro que sim — respondeu Frei Tuck —, salvo se há por lá muitos dias de jejum. Mais uma vez atravessarei este rio para acompanhar-vos à floresta e servir-vos, como um pobre e mesquinho frade pode servir a cavalheiros tão gentis.

Atravessou o rio e à frente do bando partiu para a Floresta de Sherwood. E assim Robin enriqueceu o bando com um elemento dos mais preciosos — porque além do mais era Frei Tuck o rei dos cozinheiros.

CAPÍTULO VIII

Louis Rhead . 1912

COMO O DESEJO DE ALLAN FOI SATISFEITO

Frei Tuck e Much breve se tornaram grandes amigos; a cozinha os ligou, pois juntos preparavam os acepipes para o bando. Tuck muito se agradou de encontrar na floresta alguém perito em empadas e que já houvesse trabalhado para um alto figurão como o xerife de Nottingham; e Much admirava-se do conhecimento de ervas que tinha o frade, e de como sabia escolher as que melhor gosto davam à comida. De modo que porfiavam num torneio de cozinha, criando tais maravilhas que já o bando não fazia outra coisa senão comer. E ainda o frade rezava com grande unção antes de cada comida, sempre contando com o "amém" de Robin. Até missas começaram a haver por lá.

Robin caminhava pela floresta sempre de estômago regaladamente cheio, e por isso de coração leve, com grande ternura para os homens. Já não detinha na estrada, indistintamente, cada viandante encontrado, nem puxava luta. Talvez a lembrança do acontecido com Will Scarlet lhe influísse nos ardores.

Numa dessas excursões, escondido atrás dum tronco, seguiu Robin com os olhos os movimentos dum passante. Também vestido de escarlate, como Will, mas sem aquele fino ar senhoril. Feições rudes de homem do campo e voz bastante suave — mais que a de Will. Vinha cantarolando; dir-se-ia um menestrel — em recreio ou folga.

Robin deixou-o ir-se, pensando lá consigo: "Não me sabe perturbar a paz de coração deste poético viandante, talvez no enlevo do amor. De fato, a canção cantarolada tinha um pedaço assim:

Viva e viva e viva!
Tenho na cidade uma pequena.
Mais dia, menos dia
Comigo se casará
E na cidade voltarei a morar.

"Praza aos céus, ponderou consigo Robin, que a amada deste poeta lhe seja fiel e seu casamento realmente signifique uma alegre volta à cidade."

Robin voltou ao acampamento, onde contou do encontro do menestrel, terminando:

— Se algum de vós o encontrar de jeito, seja ele trazido à minha presença. Quero conhecer essa criatura.

Esse desejo foi contentado no dia seguinte. João Pequeno e Much, saindo juntos para uma expedição de pilhagem, deram com ele — ou com quem parecia ser ele, pois, além de vestido de escarlate, trazia na mão uma harpa. Mas vinha de volta e em tristíssimo estado, com as roupas rasgadas e a arrancar suspiros profundos.

João e Much interceptaram-lhe o passo.

— Olá! Nada de empapar o chão com tantas lágrimas, que isso acabará nos dando reumatismo.

Mal João gritou isso e ouviu uma flecha silvar; o menestrel fora veloz como o relâmpago no dobrar o arco e desferi-la.

— Não vos aproximeis! — gritou. — Que quereis de mim?

— Baixa a arma! — respondeu Much. — Não queremos fazer-te mal nenhum; apenas que nos acompanhes à presença de nosso chefe, o qual deseja falar-te.

O menestrel não fez objeção. Baixou o arco e acompanhou-os à presença de Robin.

— Olá! — disse Robin, espantado com a mudança de

aspecto. — Não serás por acaso o mesmo que ontem passou pela estrada a cantarolar a história de uma pequena da cidade?

— Sou o mesmo em corpo — respondeu o interpelado —, mas já não em espírito.

— Conta-me a tua história — pediu Robin cortesmente. — Talvez eu possa ajudar-te, não fosse eu Robin Hood.

— Homem nenhum na terra poderá ajudar-me — disse o desarvorado menestrel. — Não obstante, direi o que sucede. Ontem, eu andava com esperanças de casar com a jovem que amo, mas levaram-na para um castelo distante, onde lhe darão como esposo um velho fidalgo. Ora, isso vem destruir-me a vida e pois já não curo de coisa nenhuma. Que vale a vida sem amor?

— Viva Deus! — exclamou Robin com o brilho da cólera nos olhos. — Como conseguiu esse velho fidalgo roubar--te a menina?

— Vou contar. Bem sabes que os normandos dominam este país e gozam de tal favor que a eles ninguém diz não. Este velho fidalgo normando retornou da última cruzada e encheu-se de cobiça pelas terras em que minha senhora reside. Não são muitas as terras, mas valiosas — e o irmão da minha amada diz que o título de fidalgo não é coisa de desprezar-se. De modo que o casamento será realizado hoje mesmo.

— Não! — exclamou Robin.

— Ouve-me — continuou o menestrel. — Vim ter ao castelo e pedi para ver minha amada. Fui recebido hostilmente;

atiçaram contra mim os criados. Resisti. Atirei um contra uma cerca; outro, numa aguada e terceiro, de ponta-cabeça num lamaçal. Mas eram muitos. Os restantes moeram-me, deixando-me neste triste estado. Expulsaram-me de lá.

— É de dar dó — murmurou João Pequeno, que, sentado de pernas cruzadas, ouvia atentamente a história. E voltando-se para o frade: — Que pensa, Frei Tuck? Não acha que uma lutazinha alivia os fígados dum homem?

— As sangrias sempre dão seu resultado — respondeu o frade.

— E a menina corresponde ao teu amor? — quis saber Robin Hood.

— Se corresponde! Ama-me doidamente, respondeu o menestrel. Tenho comigo há sete anos o anelzinho dela.

— Como te chamas? — inquiriu Robin.

— Meu nome é Allan-a-Dale.

— E que me darás, Allan — disse Robin —, em ouro ou no que o valha, se eu tomar teu caso em mãos e te restituir a menina?

— Dinheiro não tenho comigo senão cinco xelins — mas não me disseste que és o famoso Robin Hood?

Robin fez com a cabeça que sim.

— Então poderás ajudar-me! — exclamou Allan, já esperançado. — E, se me restituis meu amor, juro sobre um livro que serei teu servo fiel pelo resto da vida.

— Adivinho que estou falando com um homem leal — disse Robin —, e de boa mente quero ajudar-te. Onde vai ser o casamento e quando?

— Na igreja de Plympton, cerca de cinco milhas daqui, às três da tarde.

— Pois então, a Plympton! — gritou Robin, erguendo-se. — Tu, Will Stuteley, dirigirás vinte e quatro homens rumo à igreja de Plympton, e lá estejam a postos às três da tarde. O bom companheiro Much que encha o estômago deste bom rapaz, evidentemente a cair de fome. Will Scarlet que o vista decentemente e o prepare para a cerimônia. Frei Tuck que esteja de prontidão, *Bíblia* em punho, na igreja — é melhor que vá na frente de todos.

Depois, voltando-se para o triste enamorado:

— Nada de tristeza, Allan. Veja, o sol ainda não está a pino; antes que ele se ponha, tua amada te será restituída. Já que a menina quer casar-se contigo, seria uma vergonha desapontarmo-la — concluiu Robin alegremente.

Sua buzina soou. De todos os lados acorreram homens verdes, com os carcases ao ombro e o arco em punho.

— Quem quer assistir a um casamento? — perguntou Robin.

— Todos nós! — responderam em coro unânime — e o próprio Allan sorriu de tanto entusiasmo.

— Aprestai-vos, pois, rapazes. Temos festa grossa e

não convém deixarmos que o bispo de Hereford fique à nossa espera.

O gordo bispo de Hereford pavoneava-se pomposamente na igreja de Plympton. Ia celebrar o casamento de um velho fidalgo — um cruzado recém-vindo — com uma linda jovem da terra; todas as pessoas gradas das redondezas acorriam a enfeitar a festa com a sua presença.

A igreja fora lindamente enfeitada de flores. Lá fora a cerveja era distribuída com largueza ao povo.

Os convidados já estavam todos reunidos quando o bispo divisou um menestrel vestido de verde, entreparado à porta, a espiar. Era Robin vestido nos trajes de Allan.

— Quem és tu aí, rapaz? — gritou o bispo em tom colérico. Que fazes na porta da igreja com esse ar de dono do mundo?

— Saiba, vossa excelência — respondeu Robin curvando-se humildemente —, que não passo de um modesto harpista ambulante, embora muito estimado por estas redondezas. Vim à festa na esperança de ainda mais alegrá-la com a minha música.

— Que sabes tocar nessa harpa? — indagou o bispo.

— Sei tocar uma coisa tão bela que até um amante abandonado, ao ouvir-me, esquece a pena que o rói — respondeu Robin. — Outra música sei, de tal magia, que pode fazer uma noiva largar do noivo no altar. E sei outra capaz de reunir almas amantes, ainda que estejam separadas por mundos.

— Pois então, bem-vindo seja, menestrel. Dá-nos uma amostra da tua mercadoria.

— Impossível agora, excelência! Impossível antes que os noivos apareçam. Tocar antes que surjam equivaleria a lançar sobre eles má sorte.

— Pois lá vêm eles — disse o bispo.

O velho fidalgo encaminhava-se para a igreja, seguido de dez besteiros vestidos de escarlate e ouro. Gente vigorosa e alerta, em vivo contraste com o seu senhor, quase paralítico.

Logo atrás aparecia uma gentil donzela, reclinada no braço de seu irmão. Cabelos de ouro onde os raios de sol brincavam, e olhos de violeta pisada. Todos os sinais de que muito chorara e a custo sopitava novos acessos de lágrimas. Duas damas gordanchudas a acolitavam, uma segurando a cauda do seu vestido de seda e a outra, um grande ramalhete de flores.

— Por todos os sinos que tocam as núpcias! — exclamou Robin Hood. — Casal mais desaparelhado meus olhos nunca viram.

— Silêncio, vagabundo! — rosnou um homem que lhe estava ao pé.

O bispo envergou rapidamente a veste adequada à cerimônia e preparou-se para receber os noivos.

Robin Hood, entretanto, não lhe deu nenhuma atenção; seus olhos estavam na noiva. Deixou que o fidalgo passasse, mais os besteiros, e dirigindo-se para a inconsolável menina murmurou-lhe ao ouvido:

— Coragem! Há outro menestrel por aqui que talvez toque músicas mais do seu agrado.

A jovem olhou, assustada, mas logo sossegou e compreendeu. Seus olhos brilharam com estranha vivacidade.

— Afasta-te daí, louco! — berrou o irmão da moça, colericamente.

Robin respondeu sorrindo:

— Quero dar-lhe boa fortuna e para isso é mister que a acompanhe até a porta da igreja.

Como a superstição era essa, foi-lhe permitido permanecer onde estava e acompanhar a noiva.

Ao chegar à porta da igreja, o bispo lhe ordenou:

— Vamos agora ver a música prometida, menestrel.

— Com o maior prazer — respondeu Robin —, mas vossa reverendíssima há de permitir-me que escolha meu instrumento. Às vezes toco harpa, outras vezes, buzina. Para um casamento desta categoria, parece-me muito mais adequada a buzina.

Disse e tirou da buzina a tiracolo três notas agudíssimas.

Rompeu o pânico. O bispo arregalou os olhos.

— Prendam-no! Isto não passa de maroteira de Robin Hood!

Os dez besteiras acudiram logo, dos fundos da igreja onde estavam postados. Mas seu avanço foi impedido pela onda de povo que, em pavor, se erguia dos bancos e procurava as saídas. Entrementes Robin Hood saltava a grade e tomava posição junto ao altar.

— Detende-vos onde estais! — gritou ele, erguendo o arco. — O primeiro que transpuser a grade cairá morto. Os que vieram como testemunhas do casamento, que fiquem em seus lugares. Já que estão aqui e tudo está preparado, temos de realizar um casamento. A noiva, porém, há de escolher ela mesma o noivo.

Nesse momento, novo tumulto na porta. Um grupo de vinte e tantos arqueiros surgira, comandados por Will Stuteley. Entraram, agarraram os dez besteiros, mais o irmão da noiva e os homens da guarda, foi obra dum relance. Agarraram-nos e amarraram-nos.

Apareceu então Allan-a-Dale, pela mão de Will Scarlet, seu padrinho. Vinha radiante de felicidade. Caminharam gravemente pelo corpo da igreja, detendo-se na grade, junto ao altar.

— Antes que uma donzela se case, tem de escolher o esposo, mandam as boas leis do rei Henrique, proclamou Robin Hood. E, pois, antes que a cerimônia se realize, a noiva que indique com quem quer casar-se.

A menina não respondeu com palavras; apenas sorriu e encaminhou-se para Allan, abraçando-o e soluçando em seu peito.

— Eis o seu verdadeiro amor — disse Robin —, o jovem Allan, e não o velho a cair aos pedaços. Boa escolha fez ela!

E sejam, portanto, casados antes que daqui nos retiremos. Senhor bispo, tenha a bondade de realizar a cerimônia.

— Bandido! Ladrão! — urrou o bispo. — Bem que te conheço, maroto! Não me submeterei ao que queres — não os casarei! Há os banhos, que devem ser proclamados três vezes nesta igreja. É a lei da terra. Três vezes! Teu golpe falhou, bandido!

Disse e fechou com violência o livro sagrado, sentando-se em cima.

— João Pequeno! — chamou Robin, enquanto arrancava do bispo as vestes talares. "Como irás ficar dentro disto, João?", murmurou divertido.

O bispo era atarracado e gordo; João, alto e magro. A batina episcopal nele vestida ficou pendente como de um cabide, mal lhe chegando à cintura.

A assistência, que jamais imaginara cena mais cômica, prorrompeu em gargalhadas.

— Com seiscentos mil diabos! — exclamou Robin. Esta batina vai-te como luva. Ficaste o mais lindo bispo da Inglaterra! Vamos. Proclama os banhos.

João Pequeno, atrapalhado e com as vestes episcopais, subiu ao coro e de lá, com a maior seriedade, fez a proclamação dos banhos, uma, duas, três vezes.

— É pouco — reclamou Robin Hood. — Um bispo de batina tão curta deve compensá-lo encompridando os banhos.

João Pequeno repetiu as palavras dos banhos por mais três vezes — e nunca foram banhos enunciados com tal voz e tanto fervor!

— Basta! — gritou Robin. — Receberás paga dupla, bispo João. Agora a cerimônia — e estou vendo cá na igreja um santo frade que poderá realizá-la melhor que o bispo de Hereford. O senhor bispo servirá de testemunha e selará os papéis: mas tu, meu bom frade, casarás e abençoarás este gentil casalzinho.

Frei Tuck, que estava a um canto da igreja, adiantou-se: Allan e a noiva ajoelharam-se diante dele, com o velho fidalgo, furioso da vida, a servir também de testemunha — testemunha à força. O frade deu começo à cerimônia.

Quando perguntou "Quem fala por esta noiva",

Robin avançou e respondeu com voz estentórica:

— Falo eu! — eu, Robin Hood de Barnesdale de Sherwood! E ai de quem tentar tirá-la de Allan-a-Dale!

E assim, Allan e sua enamorada foram declarados marido e mulher, recebendo esta última um beijo de cada um daqueles homens rudes, a começar pelo de Robin Hood.

Instantes depois, os audaciosos bandoleiros verdes sumiam-se como por encanto.

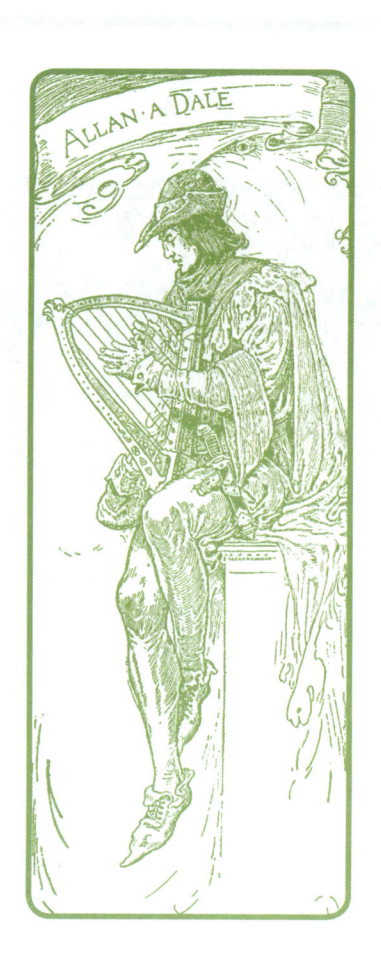

ALLAN·A DALE

CAPÍTULO IX

N. C. Wyeth . 1917

COMO OS TRÊS FILHOS DA VIÚVA FORAM SALVOS

Os casamenteiros verdes deixaram a igreja de Plympton em grande alegria, mas não havia alegria nenhuma nos que lá ficaram. O reverendíssimo senhor bispo de Hereford fora colocado em cima do órgão, em fraldas de camisa, a espumejar de ódio. Os dez besteiros tiveram várias colocações: dois deles viram-se trancafiados na acanhada cripta da igreja e três na torre do sino, "para tocar uma matinada", como disse Robin; os outros, metidos nos armários da sacristia. O irmão da noiva teve a sorte de ser posto em liberdade, depois de prometer não interferir na vida de sua irmã — isso sob pena de morte. E o velho e enferrujado fidalgo teve de trepar a uma alta árvore e lá ficar feito um passarinho, a amaldiçoar os casamenteiros verdes.

A tarde já ia caindo e ninguém da aldeia se atrevia a libertar os prisioneiros, receosos de que Robin Hood reaparecesse e os castigasse. Só no dia seguinte foram tirados das respectivas gaiolas. O bispo e o velho fidalgo, assim que se viram senhores de seus movimentos, trataram de correr a Nottingham para dar parte à autoridade. Mas o xerife, preso ao juramento feito a Robin, não se mostrou ansioso de tirar a vingança que ambos pediam.

Unicamente sob a ameaça de que iriam queixar-se ao rei, o xerife cedeu.

Uma força de cem homens, escolhidos entre os melhores guardas florestais e os soldados da região, foi reunida e mandada ao encontro dos bandoleiros na floresta. Tiveram a sorte de encontrar um grupo de verdes entretidos na caça e imediatamente os atacaram. Mas não puderam cercá-los, nem evitar que escapassem, protegidos pelo perfeito conhecimento do local. E na escapada não perderam ensejo de ir colocando bem apontadas flechas nos inimigos mais a jeito. Uma delas levou o chapéu do xerife, que vinha na frente, e o fez cair do cavalo tomado de imenso pânico. Menos felizes foram cinco florestais, que, embora não perdendo os chapéus, tiveram as flechas cravadas no corpo.

Os atacantes, todavia, não foram de todo malsucedidos na empresa. Três dos bandoleiros caíram-lhes nas unhas — justamente os três filhos da viúva, Stout Will, Lester e John.

Isso, entretanto, depois duma luta medonha, em que dois florestais foram mortos e três gravemente feridos.

Os aprisionadores estavam a pique de linchar os três bandoleiros quando o xerife interveio.

— Alto! Amarrai esses vilões! Temos de cumprir a lei e levá-los à prisão de Nottingham. Mas, prometo que Nottingham assistirá a um espetáculo de enforcamento como jamais houve outro.

E os filhos da viúva foram manietados e expedidos para a cidade.

Robin, que se encontrava em ponto distante dali, de nada soube nas primeiras horas. Só à noitinha, voltando ao acampamento, teve notícia de tudo pela mãe dos rapazes. A boa velha atravessou-se-lhe à frente, desfeita em lágrimas.

— Que há, boa mulher? — indagou Robin, cortesmente.

— Deus te salve, Robin! — respondeu ela num soluço de desespero. — Deus te livre do destino dos meus pobres filhos! O xerife apanhou-os e a forca lá os espera, porque o xerife é cruel — e nova crise de choro sacudiu a pobre mãe.

— Por Nossa Senhora, isso corta-me o coração! Stout Will, Lester e John enforcados, justamente os primeiros amigos que fiz no bando e os mais bravos e leais! Não pode ser! Sabes para quando marcaram a execução?

— Disseram-me que para amanhã ao meio-dia — respondeu a velha no intervalo de dois soluços.

— Por Deus, mulher, que não me poderias dizer isso

mais a tempo! A simples lembrança da boa idade em que me recebias em tua casa dar-me-ia coragem para tudo, ainda que não se tratasse do salvamento dos melhores homens do meu bando. Confia em mim, boa mulher.

A viúva atirou-se ao chão e abraçou-o pelos joelhos.

— Grande perigo estou a implorar que arrostes — disse ela —, mas teu grande coração me anima a tanto. O céu te abençoe, Robin Hood, por haver respondido assim às súplicas duma pobre mãe.

Robin confortou-a, dizendo-lhe que voltasse para sua casinha e sossegasse, que ele lhe salvaria os filhos. E ficou pensativo, a vê-la afastar-se trêmula; em seguida encaminhou-se para o acampamento, onde soube detalhadamente de tudo. Os verdes haviam resistido aos do xerife na proporção de cinco para um, e escapado; mas no fim da festa perceberam a falta dos três irmãos.

— Temos de salvar estes homens — disse Robin —, ainda que já estejam com a corda no pescoço.

Todos se reuniram em torno dele para o debate do assunto. Robin, de braços cruzados e olhos no chão, afastou-se pensativamente. Era necessário salvar os rapazes. Mas como? Estava nisso quando uma figura estranha lhe atraiu a atenção — um peregrino mendicante, desses que andam de sítio em sítio, sustentados pela caridade pública.

O peregrino encaminhou-se para Robin, o qual, ao dar-lhe a esmola pedida, indagou do que se passava em Nottingham.

— Que novidades há, meu vagabundo? Como correm as coisas lá pela cidade?

— A grande novidade vai ser a execução de três moços. Há muito tempo que não condenavam três num mesmo dia.

Uma ideia fulgurou no cérebro de Robin.

— Vem, meu velho. Vamos trocar de roupa. Em troca desses teus trapos dou-te quarenta xelins para os gastares em cerveja e vinho.

— Oh, tu metido em meus trajos! — exclamou o peregrino em tom de protesto. — A Santa Igreja manda que ninguém se divirta à custa dos pobres como eu.

— Estou falando sério — tornou Robin. — Tenho de envergar teu burel imundo. Aqui estão os quarenta xelins para o grande rega-bofe.

O peregrino, que protestara *pro forma*, persuadiu-se incontinenti, ao pegar nas moedas; e o chefe dos verdes foi passando para si o que estava nele — primeiro o chapéu, que ficou qual coroa lá no alto da cabeça; depois a comprida túnica remendada; depois o calção, igualmente tão remendado que era impossível conhecer qual tinha sido o primeiro pano; finalmente os sapatos, por onde os dedos espiavam o mundo. E essa transmutação Robin a fez entre tantos comentários jocosos que o peregrino acabou estorcendo-se de riso.

O disfarce se tornou tão perfeito que ainda que viesse a mãe de Robin não o reconheceria nele.

No dia seguinte, a gente de Nottingham pulou da cama mais cedo que de costume; e mal as portas se abriram começou a borbotar para dentro gente de fora; tanto os urbanos como os suburbanos ansiosos por assistir ao espetáculo raro de um tríplice enforcamento.

Robin Hood, em seu disfarce de peregrino, foi dos primeiros a penetrar na cidade, que se pôs a percorrer com ares de quem pela primeira vez lá punha os pés. Foi ter à praça do mercado, onde viu as três forcas já armadas.

— Para quem se destinam esses cabides? — indagou ele dum soldado de sentinela.

— Para três marotos do bando de Robin — foi a resposta. — E se um deles fosse para o próprio Robin, teria de ser três vezes mais alto. Mas o tal Robin é esperto demais para cair nas mãos do xerife.

O peregrino persignou-se.

— Dizem que é audaciosíssimo e duma coragem louca.

— Não há dúvida que é — mas isso na floresta. Aqui nesta praça, ele se comportará como o mais manso dos carneirinhos.

— Quem vai enforcar os três condenados?

— O xerife ainda nada decidiu, mas lá vem ele. O soldado perfilou-se, enquanto o xerife passava em revista os arqueiros e inspecionava as forcas.

— Deus o proteja, ó nosso amado xerife! — exclamou o peregrino curvando-se diante dele. — Não quererá vossa excelência permitir que um velho peregrino exerça a função de carrasco?

— Quem és tu? — gritou o xerife, medindo-o de alto a baixo.

— Um pobre peregrino mendicante, que nada vale, mas que pode mandar para o outro mundo as almas dos três condenados da maneira mais devota possível.

— Pois aceito — decidiu a autoridade. — A paga pelo serviço será de treze moedas de cobre — e acrescentarei mais alguma coisa: um hábito novo, que substitua esses farrapos que trazes no corpo.

— Deus o abençoe! — exclamou o peregrino e encaminhou-se para a prisão seguido do soldado, a fim de preparar os três homens para a execução.

Mal soaram as doze pancadas do meio-dia, a porta do cárcere se abriu e começou a defluir a procissão sinistra: os condenados e o acompanhamento do estilo. Por entre alas de povo lá se dirigiam todos para a praça do mercado, o peregrino na frente, e logo atrás os três filhos da viúva metidos entre arqueiros.

Ao pé da forca detiveram-se. O peregrino murmurou-lhes coisas ao ouvido — palavras finais de consolação, certamente. Em seguida, os três homens, de mãos fortemente atadas às costas, subiram os degraus do cadafalso, acompanhados pelo seu confessor.

Estava tudo pronto. O carrasco só esperava a ordem do xerife.

Momentos ansiosos de expectação. O xerife levanta o braço. Era o sinal.

Um murmúrio ondeou pela multidão; inúmeros populares voltavam o rosto para não ver. Os mais duros de coração, porém, conservaram-se de olhos fixos nas forcas.

Robin aproximou-se da beira do cadafalso e o silêncio da multidão se fez absoluto, na ânsia em que estavam todos de ouvir as palavras derradeiras dos três moços, a serem transmitidas pelo carrasco. Mas a voz de Robin não soou débil e trêmula como até ali. Bem firme e arrogante, isso sim.

— Atenção, xerife! — disse ele. — Eu jamais em minha vida fui carrasco, nem pretendo iniciar-me hoje nesse trágico mister. Maldito seja quem introduziu no mundo a forca! Tenho mais três palavras a dizer. Ouça-as o povo aqui reunido.

Disse e tirou de sob os andrajos a buzina famosa, que levou à boca para três toques potentes. A seguir, rápido como relâmpago, sacou da faca e cortou as cordas que manietavam os três condenados. Com igual rapidez, Stout Will, Lester e John, ao pilharem-se libertos, arrancaram as alabardas dos soldados mais próximos.

— Agarrem-nos! — gritou o xerife. — É Robin Hood! Cem libras de prêmio a quem prendê-lo!

— E mais cem por minha conta! — berrou o bispo.

Mas os gritos de ambos afogaram-se no tumulto que se seguiu aos três toques da buzina de Robin — o qual, arrancando da espada, que também trouxera oculta, saltou do cadafalso abaixo, seguido dos três companheiros libertos e já armados. Os alabardeiros do xerife inutilmente tentaram a resistência. Nisto, vozes estrugiram de dois pontos diversos: "A nós!

A nós!". Eram Stuteley e João Pequeno, cada qual no comando de quarenta verdes que iniciavam o ataque. A confusão no povo foi imensa. Estabeleceu-se o pânico e a fuga desapoderada. Os soldados do xerife foram atacados e destroçados.

— Agarrai-os! — urrava inutilmente a autoridade. — Em nome do rei, agarrai-os! Que se fechem as portas!

O perigo para a gente de Robin seria de fato grande, se esta última ordem fosse ouvida e executada. Mas Will Scarlet e Allan-a-Dale, que haviam admitido a hipótese, já tinham dominado os guardas-porteiros. O bando, pois, estava senhor de duas saídas — e para elas iam correndo os verdes.

Novos soldados de Nottingham acudiam em socorro da escolta desbaratada, iniciando a perseguição do bando em fuga. Os verdes, porém, por três vezes se detiveram e desfecharam seus arcos, fazendo que a onda dos perseguidores refluísse em desordem. E assim foram mantendo a distância conquistada.

Alcançaram as portas finalmente e tomaram pela larga estrada, rumo à floresta. Os soldados do xerife não tiveram ânimo de persegui-los lá. Os três companheiros condenados à morte estavam a seguro.

Grande foi o pasmo da viúva quando reviu os amados filhos, e com as mais comovidas lágrimas de seu coração novamente abraçou os joelhos de Robin — lágrimas não de dor, dessa vez, da mais delirante alegria.

CAPÍTULO

X

Louis Rhead . 1912

COMO SE COMPORTOU CERTO MENDIGO

Por uma linda manhã, dias depois dos acontecimentos que acabamos de narrar, errava o chefe dos bandoleiros pela estrada de Barnesdale com a intenção de descobrir que novos passos o xerife premeditava contra os seus. Mas não via ninguém. Estrada deserta. Súbito, um vulto repontou ao longe — um mendigo. Vinha na direção de Robin, que se ocultara atrás dum tronco. Mendigo dos mais miseráveis, a avaliar pelo extremo esfarrapamento. Ao passar pela árvore, Robin se apresentou, mas o mendigo a nada deu tento, prosseguiu no seu caminho, indiferente a tudo e a trautear uma canção.

Robin resolveu detê-lo e interpelá-lo. O mendigo trazia os braços e as pernas nus, um farrapo de túnica preso à cintura. Às costas, um saco. Mas, apesar daqueles trajos, sua aparência era ótima, e o saco às costas parecia bem cheio. Robin desconfiou.

— Hum! Este mendigo está me cheirando a coisa boa — pensou lá consigo. — Se os existem polpudos, este é o de polpa mais grossa — natural, pois, que reparta com os pobrezinhos verdes o que ali traz no gordo saco.

Pensou isso e foi plantar-se, de cajado em punho, à frente do passante.

— Viva, amigo! — exclamou. — Para onde vai tão alegre? Uma pausazinha, por favor, para dois dedos de prosa.

O mendigo não se deu por achado; como se nada houvesse ouvido, nem sequer moderou a marcha.

— Detém-te, amigo! — gritou Robin. — És surdo?

Olha que tenho meios de fazer os surdos ouvirem-me — disse, manejando o estadulho.

— Alto lá, senhor! — respondeu finalmente o interpelado. Saiba que não obedeço a homem nenhum em toda a Inglaterra, nem mesmo ao rei. Deixe-me seguir meu caminho, que já vai ficando tarde e meu estômago começa a dar horas.

— Paciência — tornou Robin, detendo-o. — Vejo pelo

aspecto das tuas carnes que isso de andrajos é só por fora. Bons quitutes nunca te faltam — a mim, sim, pois estou com fome. Por isso peço-te que me habilites com meios de ir à taverna próxima acalmar meu estômago vazio.

— Dinheiro não tenho para dar — respondeu o mendigo com aspereza. — Vejo que é bem moço e forte e, portanto, hábil para ganhar a vida. Se espera quebrar o jejum à minha custa, muito receio que ainda jejue por inúmeros anos.

— Seria assim, amigo, se eu não tivesse cá um estadulho com que moer-te os ossos e curar-te da avareza. E se isso não for suficiente, há ainda um recurso: espetar-te numa das minhas flechas, como se espetam frangos ao forno.

O mendigo sorriu e replicou no mesmo tom:

— Que venha então o estadulho, meu rapaz! Ligo tanta importância a esse pau como a essa varinha de penas na ponta com que me ameaça. E para prova do que digo, tome lá esta esmola.

Suas palavras foram tão de perto seguidas da ação que Robin se viu desarmado; o mendigo dera-lhe nos dedos com o cajado, desarmando-o. Robin pulou de banda e fez entrar em jogo o estadulho, sem conseguir, porém, acertar golpe no misterioso mendigo. Não só se defendia ele maravilhosamente bem com o cajado de ponteira de ferro como ia colocando em Robin golpes sobre golpes, dos mais certeiros e felizes.

A situação para o bandoleiro foi-se tornando cada vez mais séria. Ficar ali a levar golpes sem conseguir acertar nenhum, ou bater em retirada? Robin decidiu-se pelo último recurso — como toda gente o faria — e dum salto mergulhou na floresta, fazendo soar a buzina.

— Que vergonha, amigo! — chasqueou o misterioso viandante. Que pressa tem agora? Eu havia apenas começado. Bastou o que dei? Não quer mais uns xelins de pau para a refeição na taverna?

Mas Robin nada replicou; limitou-se a tomar por atalho até encontrar três dos seus que lhe vinham ao encontro.

— Que há? — perguntaram eles.

— Que há? — respondeu Robin quase sem fôlego. — Há um mendigo de maravilhosos músculos. Vai indo pela estrada e joga com o cajado mais rijo que ainda vi. Tive com ele uma pega, mas o terrível homenzinho não me permitiu levar a melhor.

Os três homens — Much e dois dos filhos da viúva — não puderam conter o riso à ideia de Robin Hood derrotado por um mendigo. Riram-se só por dentro, entretanto, e gravemente indagaram se o chefe estava ferido.

— Não, nada sério — mas sentir-me-ei muito melhor se perseguirdes o maroto e o agarrardes.

Os três homens deram-se pressa em cumprir a ordem; correram à estrada em perseguição do mendigo, que lá se ia muito sossegado, como se coisa nenhuma houvera acontecido.

— O melhor meio de liquidar este caso — sugeriu Much — é surpreendermos o homem. Vamos tomar por atalho e ganhar a frente. Quando ele for passando, cair-lhe-emos em cima de improviso.

Os outros concordaram e os três novamente se meteram lá adiante em ponto por onde o mendigo teria de passar.

Ao verem-no ao alcance, Much bradou: "Agora!". Lançaram-se os três contra o mendigo e lhe arrancaram o cajado de ponta ferrada. Much encostou-lhe a adaga no peito.

— Entrega-te, meu homem. Temos um amigo que te espera aqui perto para uma conversa cordial.

— Deem-me oportunidade — respondeu o mendigo — e bater-me-ei com todos vós ao mesmo tempo. Restitui meu cajado.

Não foi atendido. Os três verdes puseram-no por diante, rumo a certo ponto da floresta. Vendo que era inútil resistir, o mendigo entrou a parlamentar.

— Caros amigos — disse ele —, qual a razão desta violência? Seguirei convosco sem nenhuma resistência, caso insistais; mas, se me libertardes, isso vos valerá alguma coisa. Levo cem libras em meu saco de viagem. Soltai-me que as tereis.

Os três bandoleiros consultaram-se entre si.

— Que fazer? — indagou Much. — Nosso chefe preferirá ver as cem libras antes que a cara deste freguês.

Os outros dois concordaram.

— Vamos, conta lá o dinheiro — disseram ao viandante, restituindo-lhe a liberdade de movimentos.

Soprava uma brisa forte e o mendigo se colocou de costas para ela.

— Bem — murmurou. — Um de vós estenderá no chão a capa para que eu despeje o dinheiro.

A capa dum dos moços foi estendida no chão e sobre ela o mendigo largou o saco, na aparência pesadíssimo. Em seguida agachou-se, pondo-se a desfazer o atilho de couro. Os bandoleiros também se agacharam, atentos, com receio de que o mendigo lhes surripiasse alguma das libras. Aberto o saco, a mão do mendigo meteu-se dentro dele e foi tirando, não libras amarelinhas, mas libras de farinha finíssima, que lançou no ar, formando nuvem. E tão rápido encheu o ar daquilo, que um mal divisava o vulto do outro.

Enquanto os bandoleiros esfregavam os olhos e tossiam, o mendigo acabou de esvaziar o saco e arrumou-lhes com ele pela cara — sacudindo isso com tremendos golpes do cajado de ponta de ferro.

— Bandidos! Miseráveis! Eis as cem libras que prometi. Que tais são? Prometi cem e darei cem — e ia contando cada cajadada como uma nova boa libra.

Atrapalhados pela farinha que tinham na garganta e nos olhos, e também com aquela inesperada chuva de pau, os bandoleiros, cegos e asfixiados, só pensaram numa coisa — na fuga; e mesmo na fuga o mendigo ainda os seguiu por um bom pedaço, a dar-lhes libras e mais libras de pau.

— Até logo, amiguinhos! — disse por fim, detendo-se.

— Espero que proclameis ao mundo este meu meio de transformar ouro em farinha e em pau.

Dito isto, voltou à estrada e retornou sua marcha, no maior sossego de alma possível, como se nada acontecera. Lá se foi trauteando a ária interrompida.

Quando os enfarinhados deram tento de si, estavam diante de Robin, que se ria a mais não poder.

O que sucedera aos três valeu como a melhor das arnicas para os golpes que ele apanhara do mendigo.

— Deus vos abençoe, amigos! — exclamou Robin.

Vejo bem claro que errastes o caminho e, em vez de atacardes o meu homem, atacastes algum moinho.

E como os três bandoleiros nada respondessem:

— Por acaso não vistes o mendigo que eu indiquei?

— Mais que o vimos, chefe — respondeu Much. — Vimo-lo até demais. Ele encheu-nos de tanta farinha que ficaremos em estado de pão por uma semana. Sou filho de moleiro, de modo que desde que nasci lidei com farinha e mais farinha. Mas nunca vi, nem engoli, nem bebi e comi tanta farinha como hoje. Estou que me parece que o mundo é todo ele farinha.

E espirrou violentamente.

— Que história é essa? — indagou Robin, sem nada compreender.

— É que topamos o tal mendigo, como o chefe nos mandou, e ele propôs resgate logo que se viu desarmado e seguro — propôs dar-nos o saco que levava às costas, onde havia cem libras.

— Boa ideia de aceitardes o resgate.

— Sim, cem libras são cem libras — continuou Much —, e ele mandou que estendêssemos uma das nossas capas para despejar nela as cem libras. Mas há libras e libras. Há libras de ouro e há libras de farinha. No saco havia cem libras de farinha, que de fato ele nos deu — mas de que modo! Jogando-as em nossos rostos, afogando-nos, asfixiando-nos, enfarinhando-nos pelo resto da vida. E não contente com ter-nos pago na íntegra as cem libras de sua promessa, ainda nos deu de lambuja mais outras tantas de pau ferrado. E por fim, sumiu-se dentro do nevoeiro de farinha.

Robin ria-se, ria-se.

— O tal mendigo tem parte com o diabo — acrescentou um dos filhos da viúva.

A risada de Robin foi num crescendo. Teve de sentar-se. Depois:

— Quatro intrépidos bandoleiros derrotados por um mendigo! — exclamou. — Posso rir-me de vós, amigos, porque naveguei no mesmo bote. Mas que esta história nunca chegue aos ouvidos dos demais companheiros — nem do mundo. Ficaríamos desmoralizados. Fique entre nós — e o melhor que temos a fazer é rir e rir e rir.

Os três bandoleiros enfarinhados viram que era assim mesmo, apesar do desejo em que estavam de apanhar novamente o terrível mendigo. E nenhum deles, nem Robin, jamais piou sobre o caso.

O mendigo, porém, já não tinha as mesmas razões para ocultar a façanha, de modo que a espalhou. E tão depressa o caso correu, que logo foi posto em versos e cantado por toda a Inglaterra. Até os pássaros aprenderam a entoar a modinha do mendigo que derrotou os bandoleiros. Menos os da Floresta de Sherwood.

CAPÍTULO XI

Louis Rhead . 1912

COMO ROBIN SE BATEU COM GUY DE GISBORNE

Semanas se passaram depois da libertação dos filhos da viúva — semanas em que o xerife tudo fez para apanhar Robin e seus companheiros. Porque o nome e as façanhas de Robin Hood já tinham chegado aos ouvidos do rei, em Londres, o qual mandou ordem ao xerife para que o capturasse, sob pena de ser demitido. Essa intimação fez com que o pobre xerife redobrasse os esforços — sem nada conseguir. Em consequência, elevou o prêmio para a cabeça do bandoleiro, na esperança de que a cobiça dos homens o auxiliasse na tarefa de aprisioná-lo.

Esse alto prêmio tentou um fidalgo de nome Guy de Gisborne, que servia no exército real. Sir Guy de Gisborne gozava a fama de ser um dos melhores espadachins e atiradores de arco da Inglaterra, e era-o; mas quanto ao coração, tinha-o negro qual piche. Um traidor dos mais cínicos. Obteve autorização do rei para chefiar o movimento contra Robin e veio para Nottingham, com autoridade maior que a do xerife.

Este o recebeu com todas as honras.

— Vim para capturar esse Robin Hood — disse logo de entrada — e hei de apanhá-lo vivo ou morto.

— E cá estou eu para auxiliá-lo no que puder, senhor. Queira ter a bondade de declarar que concurso deseja de mim.

— Nenhum — respondeu sir Guy —, porque estou convencido não ser com grande número de homens que se apanham bandidos audaciosos como esse. Farei tudo sozinho. Mas o senhor xerife que tenha os soldados de Nottingham em permanente prontidão — e quando ouvirem o som desta buzina (e mostrou uma de prata) que voem para lá, pois é sinal de que tenho Robin nas unhas.

— Perfeitamente, senhor — disse o xerife. — Tudo será feito como vossa excelência deseja — e saiu a dar ordens, enquanto sir Guy começava os preparativos.

Ora, aconteceu que Will Scarlet e João Pequeno haviam ido a Barnesdale justamente naquele dia, para comprar umas peças de pano verde de Lincoln, necessárias à reforma do vestuário de muitos. Mas, para prevenir a hipótese de serem enforcados no mesmo dia, cada qual tomou por um lado. Will entraria por uma porta e João por outra.

Foram logo descobertos e pelas mesmas portas retornaram em fuga louca, com o xerife e um bando de soldados atrás. Fuga louca e perseguição mais louca ainda, através de charnecas, pântanos e pedranceiras, com má sorte para os soldados, tais os tombos e topadas e atolamentos que houve. João Pequeno não pôde deixar de rir-se da cena, embora soubesse que o riso se lhe gelaria nos lábios se na corrida que levavam também tropeçassem e caíssem. Além disso, um dos perseguidores, de nome William-a-Trent, o mais veloz soldado do xerife, ia ganhando avanço rápido sobre Will. Se algo não interferisse, o certo era vencê-lo — e lá iria para a forca o pobre Will Scarlet.

João fêz que uma bem apontada flecha interferisse — e William-a-Trent caiu de borco para nunca mais levantar-se.

Vendo aquilo, os outros perseguidores entrepararam, consternados. Depois a perseguição mudou de rumo. Em vez de Scarlet, os soldados queriam agora João Pequeno, o qual interrompeu a corrida, murmurando:

— Quero mandar mais um recadinho ao xerife antes de ir reunir-me a Will.

Essa bravata redundou em desastre, porque, ao esticar o arco, a madeira se partiu.

— Peste! — urrou João, lançando de si os pedaços da arma inútil. — Forçado sou agora a defender-me a pulso — e era assim mesmo, visto como tinha os soldados tão próximos que já não havia fugir.

Para alcançá-lo, porém, os perseguidores tinham de galgar de corrida uma elevação, e chegavam lá arquejantes e tão frouxos que João os ia esmoendo a pau com grande facilidade. Os dez primeiros foram postos fora de combate — mas quem vence o número? Além disso, o destacamento de arqueiros, que vinha atrás dos soldados, logo chegou a ponto de tiro. Todos os arcos apontaram na direção do bandoleiro.

— Rende-te — gritou o xerife. — Rende-te, João Pequeno, Reynold Greenleaf, ou quem quer que sejas! Rende-te, antes que façamos teu corpo alvo de vinte flechas.

— Tuas palavras tocam-me o coração — gritou o bandoleiro. Rendo-me.

Os soldados avançaram, agarraram-no e amarram-no com mais cordas e nós que os necessários para o bando inteiro. O xerife tomou um fartão de riso regalado. Ia finalmente vingar-se da peça que o antigo criado lhe pregara.

— Ora. Graças! — exclamou. — Vamos levar-te a trancos e barrancos e hoje mesmo te penduraremos na forca em Barnesdale.

— Talvez que sim, talvez que não. Tudo depende da vontade dos céus — replicou João Pequeno.

A escolta tratou de arrepiar caminho, rumo a Barnesdale, o mais depressa possível, receosos que estavam todos de qualquer surpresa. E enquanto marchava, ia se engrossando com os feridos ou estropiados do caminho. Aqui, aparecia um a arrastar o pé destroncado; ali, um que caíra num buraco; além, outro enlameadíssimo, que a custo se arrancara dum atoleiro. De modo que a entrada em Barnesdale não se assemelhou a nenhuma entrada triunfal, senão de exército derrotado. Mas todos alegres porque o xerife prometera uma boa distribuição de vinho — além do imediato enforcamento do mais intrépido bandoleiro da Inglaterra, depois de Robin Hood.

A forca foi armada; trouxeram uma corda das melhores.

— Agora nós, amigo João — disse o xerife — e vejamos se alguns dos tais truques de Robin te valem alguma coisa.

— Quem me dera ouvir o som da sua buzina! — pensou consigo o pobre João, porque realmente estava por uma dependura. A pressa daquela gente matava-lhe todas as esperanças. A corda foi-lhe passada ao pescoço.

— Tudo pronto — gritou o xerife. E à voz de que sim: "Pois então, um, dois, e…".

O "três" confundiu-se com um soar de buzina que não era a de Robin.

— Por Deus! — exclamou o xerife. — Estou reconhecendo o som da buzina de prata de sir Guy de Gisborne — e ele quer que seus toques sejam atendidos sem a menor demora. Aquilo é sinal de que apanhou Robin Hood.

— Perdão, excelência — observou um dos seus homens —, mas, se ele apanhou Robin Hood, o dia de hoje é um grande dia, merecedor de que tenhamos dois enforcamentos simultâneos.

— Bela ideia! — aplaudiu o xerife. — Guardem-me este bandido, bem guardado, e esperem pela minha volta.

João Pequeno foi amarrado ao pau da forca, enquanto o xerife, com toda a sua gente, rompia a marcha ao encontro de sir Guy, o glorioso aprisionador de Robin. Que regalo, enforcar os dois juntos!

Vejamos agora o que se passara do outro lado e o que era feito de Robin Hood. Naquela manhã, houvera um atrito entre ele e João Pequeno, porque ambos haviam visto ao mesmo tempo um alentado tipo de camponês com o qual os dois queriam se atracar. Robin teve de recorrer à sua autoridade de chefe, motivo que levou João a acompanhar Will Scarlet na ida à cidade.

Robin aproximou-se do camponês de estranho aspecto. Parecia ter três pernas, visto de longe. De perto dava dó, tão pobremente vestido estava, dum couro de cavalo completo, com cabeça, cauda e crina. Era a cauda de cavalo que lhe dava aparência de três pernas.

— Bom dia, meu homem! — exclamou Robin, divertido. — Pelo arco que trazes na mão pareces-me um bom arqueiro.

— Nada vale — respondeu a estranha criatura; mas não é nisto que estou pensando esta manhã, e sim que me perdi e já me sinto cansado de andar ao léu.

— A mim me parece que foi o senso que perdeste, meu velho — murmurou Robin sorrindo. E em seguida: —

Conduzir-te-ei através da floresta, se tu me contares tua vida, pois teu falar me parece muito melhor que teus trajos.

— E quem és tu para indagares da minha vida? — contraveio o desconhecido.

— Sou um dos homens do rei, colocado aqui de guarda a estes cervos que muito tentam a gula dos passantes.

— Estranho poderei parecer — disse o homem —, mas nunca roubador de veados. Escuta. Desde que és um dos homens do rei, quero pedir-te um serviço. Também eu estou a serviço do rei, em busca dum bandoleiro de nome Robin Hood. Conheces esse homem?

— Deus me livre! — exclamou Robin. — *Vade retro*! Mas que queres com ele?

— Isso já é outra conversa. Só direi que mais desejo encontrar-me com esse bandoleiro do que ganhar cinquenta libras.

Robin ficou ciente do que se tratava.

— Vem comigo, bom homem — disse então — e de bom grado te indicarei o ponto que Robin Hood costuma frequentar. Isso, porém, só mais tarde. Ainda é cedo. Enquanto esperamos, poderemos matar o tempo com umas provas de tiro ao alvo. Quero conhecer tua força.

O homem assentiu. Robin então cortou duas varas, que fincou a sessenta jardas de distância.

— Começa, bom homem — disse-lhe o bandoleiro. — O primeiro tiro te pertence.

— Isso é que não! — protestou o outro. — Só atirarei em segundo lugar.

Robin tomou o arco e, ajeitando uma seta, lançou-a, depois de cuidadosa pontaria. Errou por polegada.

O desconhecido também errou quase pela mesma diferença.

No segundo round, o homem cravou a sua seta no topo da vara; e Robin ainda deu melhor tiro, fincando-a bem no meio.

— Por Deus! — exclamou o desconhecido. — Juro que nunca vi tiro mais perfeito. Sem dúvida nenhuma és ainda mais forte no arco que o famoso Robin. Mas tu ainda não me disseste o teu nome.

— Tenho de conservá-lo em segredo até que me digas o teu — foi a resposta do bandoleiro.

— Não me recusarei a isso, meu rapaz. Moro muito longe daqui, e se aqui estou foi por ter jurado apanhar o tal Robin. Hei de encontrar-me com esse bandido cara a cara, e então lhe lançarei em rosto meu verdadeiro nome, que é sir Guy de Gisborne.

Estas últimas palavras foram ditas com grande orgulho, pois já esquecera a derrota no tiro de momentos antes.

Robin encarou-o calmamente.

— Certo que já ouvi mencionarem o teu nome — disse. — Tens como profissão levar homens à forca.

— Profissão não é, mas a esse hei de levar.

— Que mal te fez Robin Hood!

— A mim pessoalmente, nenhum, mas é um ladrão de estrada.

— Sabes que esse Robin dá aos necessitados o que toma dos ricos? Sabes que é um protetor das mulheres e crianças e de todos os fracos? Sabes que o grande crime de que o acusam é ter matado uns cervos do rei?

— Basta de sofismas! — gritou sir Guy com impaciência. — Estou agora convencido de que não passas dum dos bandoleiros de Robin.

— Já disse que não, e a prova é que me propus a ajudar-te na captura dele. Quais os teus planos a respeito, Sir?

— Estás vendo esta buzina de prata? Tirarei dela um longo toque assim que tiver o bandoleiro à mão — o xerife com todas as suas forças acudirá incontinenti. E se tu mo indicares dar-te-ei metade da recompensa.

— Nem por todo o dinheiro do mundo eu ajudaria alguém a enforcar um homem — exclamou o bandoleiro. — Não obstante, mostrar-te-ei de graça esse homem tão procurado. Robin Hood, de Sherwood e Barnesdale, aqui está. Sou eu.

— Toma então esta! — gritou sir Guy, afastando-se de salto e arrancando a espada oculta sob a pele de cavalo — e antes que Robin se guardasse, atacou-o. Mas Robin teve a felicidade de evitar o golpe e de apanhar a tempo a sua espada.

— Miserável traidor! — disse ao cair em guarda. — Tentou apanhar-me desarmado…

Nem mais uma só palavra foi trocada, só golpes sobre golpes. Durante duas horas os dois ferros se cruzaram, sem que Robin ou sir Guy cedessem terreno. Os olhos de ambos lançavam chispas de ódio. Mas Robin lutava pela vida e o outro, pelo favor do rei.

A luta parecia não ter fim. Em dado momento, Robin embaraçou um dos pés numa raiz de árvore e caiu, dando ao traidor sir Guy ensejo de feri-lo do lado esquerdo. Em circunstâncias assim, os esgrimistas leais esperam que o adversário se levante.

— Minha Nossa Senhora! — exclamou Robin. — Ajudai-me, se é que o meu último dia não chegou.

Dita a súplica, ergueu-se velocíssimo e atacou com tal felicidade que o ferro se meteu pela garganta de sir Guy. Golpe mortal. Guy de Gisborne caiu para sempre.

Robin contemplou-lhe o cadáver por uns instantes.

— Culpa toda tua — murmurou. — Embora fosses um traidor de aluguel, eu não te mataria se não fora em defesa própria.

Em seguida, olhou para o ferimento recebido. Não era grave. O sangue já se ia estancando. Verificado esse ponto, despiu o cadáver da pele de cavalo e envergou-a, vestindo em sir Guy a sua túnica verde e desfigurando-lhe o rosto de modo a torná-lo irreconhecível.

A cabeça do cavalo servia de capuz. Robin meteu a cabeça dentro desse estranho capuz e levou à boca a buzina de prata. Deu um toque prolongado — o toque que iria salvar a vida de João Pequeno, fazendo que o xerife voasse para a floresta com todos os homens disponíveis.

Vinte e poucos minutos depois, chegavam àquele ponto.

— Teria sido o seu, excelência, o toque de buzina que ouvimos? — perguntou o xerife, ofegante.

— Sim — respondeu o falso sir Guy. — E devo acrescentar que entre Robin Hood e sir Guy de Gisborne travou-se medonha luta. Resultado: só sir Guy vive.

— Oh! Essa é a melhor notícia que ainda tive em toda a minha vida! — exclamou o xerife esfregando as mãos. — Mas pena foi que não pudéssemos agarrá-lo vivo, para termos o gosto de enforcá-lo. Não me queixo, entretanto.

— Enforcá-lo — repetiu Robin.

— Sim. Estamos hoje num dia de sorte. Logo que vossa excelência deixou a cidade quase apanhamos dois companheiros de Robin. Um deles, suponho que o tal Will Scarlet, conseguiu escapar; mas o outro nos caiu nas unhas — e já o íamos subindo à forca do mercado quando nos chegou o toque da buzina de prata.

— Quem era esse outro? — indagou o falso sir Guy.

— Imagine quem havia de ser! — exclamou o xerife numa risada. O melhor bandoleiro verde, depois de Robin — João Pequeno, o meu ex-Reynold Greenleaf.

— João Pequeno! — pensou lá consigo Robin.

— Na verdade a buzina foi tocada muito a propósito...

— Mas vejo que vossa excelência não escapou incólume — continuou o xerife, vendo sir Guy manchado de sangue. — Aqui, um dos meus homens! — gritou. — Um bom cavalo para sir Guy e cuidai vós outros do enterro deste cão que aqui jaz. Temos de voar para Barnesdale, a tempo de ainda hoje enforcarmos o que lá está.

Cavalgaram os dois e partiram, Robin com a cabeça cada vez mais quente de tanto refletir no melhor meio de salvar João Pequeno.

— Que sorte a nossa, xerife! — exclamou ele ao chegarem às portas da cidade.

— Maravilhosa! E o prêmio será grande — será o que vossa excelência quiser.

— Não desejo prêmio nenhum em ouro — tive-o bastante grande na luta que travei e venci. Mas agora que matei o chefe, quero que também por minhas mãos acabe o tal João Pequeno. Meu prêmio será este: toda a Inglaterra proclamando que sir Guy de Gisborne matou num só dia o chefe dos bandoleiros verdes e também o seu melhor assecla!

— Assim seja, excelência — concordou o xerife. — Mas, acho que além dessa deve reclamar outra recompensa, e dupla, pois não é todos os dias que sucedem façanhas de tal monta.

— Não — disse o falso sir Guy. — Basta-me a ideia de que homem nenhum apanhou Robin até ontem, nem o apanhará amanhã.

Na praça onde se erguia a forca, ao aproximar-se de João Pequeno, Robin disse aos soldados da guarda:

— Afastai-vos, soldados! Eu mesmo darei conta deste homem — e sacando da faca avançou para João Pequeno.

Não para matá-lo, como todos supuseram, e sim para cortar-lhe as cordas do pulso e entregar-lhe o arco e as setas de sir Guy, que tivera o cuidado de trazer consigo. "Sou eu, Robin", cochichou-lhe ao ouvido — precaução aliás inútil, pois João Pequeno já havia adivinhado tudo.

Em seguida, Robin levou à boca a buzina e tirou dela as três notas famosas; e antes que o atônito xerife e seus homens voltassem a si do assombro, entraram os dois a despejar setas de pontaria firmíssima.

E não foram as únicas. Das portas da cidade e de sobre as muralhas também começaram a chover flechas e mais flechas. Will Scarlet, logo que se pilhara a seguro, reunira todo o bando para um assalto à cidade.

O tumulto se fez medonho, permitindo que Robin e João, sempre em atitude agressiva, se fossem esgueirando dali e se aproximando duma das portas — a já guardada pela sua gente. Mal a alcançaram, soou ordem de retirada— e os verdes se sumiram no seio da floresta.

CAPÍTULO

XII

Louis Rhead . 1912

COMO MARIAN APARECEU NA FLORESTA E ROBIN FOI PARAR NA CORTE DA RAINHA ELEANOR

Não muito tempo depois desses fatos, Robin, certo dia, resolveu ir caçar em sítio pouco frequentado pela sua gente, e achou melhor ir sob disfarce, pois podia encontrar gente indesejada; pintou o rosto e envergou uma velha túnica. Enquanto caminhava, pela manhã, suas recordações o levaram para os anos da meninice, tempo em que por aquele sítio passaram em suas excursões ele e Marian. Deliciosas recordações — e como já iam longe esses tempos! Marian! Vê-la-ia novamente, a sua querida companheira de infância? Robin tinha sempre ante os olhos aquela doce imagem, e ardia por ver de novo a luz dos olhos de Marian, e ouvir o musicalíssimo som da voz de Marian...

Talvez o caso de Allan-a-Dale houvesse reavivado esses anseios; talvez também contribuísse para isso a entrada no grupo de Will Scarlet. O certo era que naquela manhã ele não se sentia caçador, e sim um terno namorador do passado distante.

O aparecimento súbito de um veado veio despertar nele o homem de ação. Instintivamente empunhou o arco e atirou — mas antes que sua flecha o alcançasse, já o veado caía por terra. Outro caçador andava por ali.

Realmente era assim. Um belo pajem, ricamente vestido, apareceu de dentro duma moita e correu na direção do animal moribundo. Trazia arco na mão e espada à cinta, embora sua aparência fosse dum verdadeiro menino.

Robin encaminhou-se para ele.

— Olá, garoto! — exclamou em tom severo. — Como ousas matar um veado do rei?

— Tenho tanto direito de matá-los como o próprio rei — foi a altiva resposta do pajem. — E não admito que me interpelem. Afasta-te, pois.

Aquela voz calou fundo em Robin. Teve a impressão

de que a conhecia, de que já a ouvira há muito tempo. Encarou o atrevido pajem, o qual suportou o seu olhar sem o mínimo temor.

— Quem és tu, meu rapaz? — inquiriu Robin em tom mais ameno.

— Retira o "meu". Ninguém pode chamar-me assim. Pertenço-me a mim mesmo e a mais ninguém — replicou o pajem com muita graça.

— Devagar! Devagar e gentileza nas respostas, meu pajenzinho, ou nós da floresta te ensinaremos boas maneiras — disse Robin.

A resposta do lindo pajem foi arrancar da espada e gritar:

— Defende-te!

Gritou e atacou, obrigando Robin a defender-se. E a defender-se ficou Robin o tempo todo, pois, a despeito de admirar a perícia do desconhecido no floreio da espada, viu logo tratar-se de rival de força muito abaixo da sua. Quinze minutos transcorreram assim, o pajem a atacar e Robin a aparar-lhe os golpes, até que se deu o que tinha de dar-se: o esgotamento das forças da parte mais fraca. O afogueamento do rosto do desconhecido, porém, realçava-lhe estranhamente a beleza.

Senhor da situação, Robin considerou aquilo um mero recreio de esgrima, e já se defendia a rir.

Tal riso enfureceu o pajem, que redobrou a fúria dos golpes, só conseguindo que o riso do adversário subisse de ponto.

Quando Robin viu que, na sua impotência, o lindo pajem estava a pique de chorar, apiedou-se e pôs termo à luta. Para isso, fraqueou a defesa, deixando-se tocar no pulso por um dos golpes adversos.

— Está satisfeito? — gritou o rapaz radiante, ao ver sangue.

— De fato estou — respondeu Robin, baixando a espada — e creio que agora merecerei a honra de saber a quem devo este leve ferimento no pulso.

— Sou Ricardo Partington, pajem de Sua Majestade, a rainha Eleanor — foi a orgulhosa resposta do gentil esgrimista — e mais uma vez sua voz perturbou o bandoleiro.

— E como se atreveu a penetrar sozinho nestas matas, senhor Partington?

O pajem demorou na resposta, enquanto limpava a lâmina com um finíssimo lenço rendado. Por fim, encarou nos olhos o questionante.

— Homem desconhecido, guarda florestal ou não, a serviço do rei ou não, já que demonstras tamanha curiosidade, ficas sabendo que eu procuro um bandoleiro de nome Robin Hood, ao qual trago a anistia da rainha. Poderás tu informar-me onde poderei encontrá-lo? — e ao dizer isso recolocou o lenço no seio, onde brilhava uma flecha de ouro.

— Robin avançou com um grito de alegria.

— Reconheço-te agora! Pela flecha de ouro que te dei no dia do torneio de Nottingham, vejo que estou diante de Marian!

— Tu! Tu és... Tu és Robin?

— Em pessoa! — gritou o bandoleiro radiante — e, mesmo de cara pintada e vestido de trapos, atirou-se contra sua amada, apertando-a longamente ao peito — e nunca houve abraço mais amoroso.

— Mas, Robin, nunca supus que estivesse diante de ti e que viesse causar-te um ferimento, querido!...

— Nada, Marian. Apenas me deixarás uma cicatriz para eterna fonte de enternecimento. Será algo de ti em mim.

Mas a moça fez mais barulho com aquele ferimento do que com quantos lhes sobrevieram no passado, quando corriam juntos pela floresta. Atou a ferida com o seu lencinho de renda, murmurando "Agora já estás bom", e de fato Robin sentiu-se de chofre curado. O mundo lhe parecia outro. As árvores, o ar, o céu, tudo se roseava encantadoramente.

Marian, entretanto, embora se sentisse felicíssima, não deixava de mostrar constrangimento. Robin percebeu logo a causa: aqueles trajes masculinos. Passou-lhe então a longa túnica que trazia sobre si — e a donzela sentiu-se mais à vontade.

E vieram então as confidências — a história da vida de ambos desde o dia em que se separaram; e tão longas foram tais confidências que o sol descambou antes que chegassem ao fim.

— Que mau hospedeiro sou! — disse Robin erguendo-se. — Ainda não te convidei a visitar o meu reino selvagem.

— E que mau pajem sou — replicou Marian. — Esqueci-me

que Ricardo Partington trouxe uma mensagem da rainha Eleanor para Robin Hood!

— Contar-me-ás isso pelo caminho e lá em meu reino serás confiada aos cuidados da senhora Dale, enquanto um dos meus homens virá apanhar o veado que abateste.

De caminho para o acampamento, Marian contou-lhe como a fama das suas proezas havia chegado à corte da rainha Eleanor, em Londres. E como a rainha lhe dissera: "Que vontade tenho de conhecer esse homem tão valente e de ver suas habilidades no tiro de arco!". Contou depois da ideia da rainha: anistia a Robin, se ele e mais quatro dos seus companheiros quisessem ir a Londres tomar parte no torneio que ia realizar-se. Lá se bateriam contra os mais famosos arqueiros do rei Henrique, dos quais o soberano se mostrava muito vaidoso. Contado isso, Marian acrescentou:

— Quando eu soube que Sua Majestade desejava conhecer-te, pedi-lhe que me desse autorização de sair em tua procura, dizendo que te conhecia de menino. A rainha rejubilou-se com a ideia, deu-me a licença pedida e ainda este anel, que tirou do dedo naquele momento, para que o desse a ti em testemunho da sua admiração.

Robin tomou o anel e beijou-o em protesto de lealdade.

— Este anel me levará a Londres — disse ele em tom solene — e se um dia eu trair a rainha que a mão que o traz seja decepada do punho!

Já chegados à pequena distância do acampamento, Robin

fez soar na buzina o toque de reunião; assim foi que, ao penetrarem no campo, já todos os bandoleiros estavam lá reunidos.

Will Scarlet reconheceu imediatamente a companheirinha de outrora; correu a dar-lhe o seu abraço e um beijo em cada face. E, depois de breves palavras ditas a Robin, voltou-se para o bando:

— Companheiros! Saudai a rainha do nosso bando, Marian, a noiva de Robin Hood!

Após a tempestade de burras e palmas que se seguiu, Marian foi entregue aos cuidados da esposa de Allan-a-Dale; e mais tarde, já vestida em trajos adequados ao sexo, veio sentar-se à direita de Robin, no banquete que Much e Frei Tuck haviam preparado.

O prato do dia, recebido com todas as honras, foi o veado abatido pelo misterioso pajem e, depois do jantar, Allan cantou suas melhores canções, e ainda uma improvisada em honra da formosa criatura que ocupava a direita do chefe. Essa canção teve acompanhamento coral, em que sobressaíram a voz de barítono de Will Scarlet e a de baixo profundo de Frei Tuck. Até João Pequeno tentou cantar, mas teve de recolher-se ante o olhar ameaçador de Much.

Robin pediu a Marian que repetisse a mensagem da rainha Eleanor, e a jovem a repetiu, imitando os modos e o tom de Sua Majestade. A revelação foi recebida com três formidáveis burras à rainha, e mais três ao pajem Ricardo Partington, dadas de pé com tremendo emborcamento de copázios.

— Ouvistes, amigos — disse Robin —, como a rainha — que Deus preserve! — quer que me acompanhem quatro homens. Tenho de escolhê-los e escolho João Pequeno e Will Stuteley, meus lugar-tenentes, Will Scarlet, meu primo, e Allan-a-Dale, nosso menestrel. A senhora Dale poderá acompanhar-nos, servindo de dama de companhia ao pajem de Sua Majestade. Partiremos amanhã bem cedo, vestidos dos nossos melhores trajes. Rejubilai-vos, companheiros, e cuidai desde já de vossas roupas e das armas, porque temos de erguer em Londres o nosso crédito tão alto como o erguemos aqui na floresta. O comando eu o deixo entregue a Much, Stout Will, Lester e John — e Frei Tuck cuidará, como sempre, da alma e dos estômagos de todos.

As ordens foram recebidas com burras de aprovação e, depois de bebido o resto da cerveja, o grupo se dispersou, cada qual destacado para o serviço que lhe cumpria.

Na manhã seguinte — bela manhã de verão — a floresta emoldurou uma encantadora cena de bota-fora. Até as árvores se assombraram do apuro de *toalete* de Robin e seus quatro companheiros. Vestiram-se estes do melhor pano verde de Lincoln, e Robin entrajou-se de rico pano escarlate, todos com chapéus de plumas das cores mais consoantes. E lá seguiram como guardas das duas lindas damas.

Os bandoleiros acompanharam-nos com grande gritaria de aplausos até longe. Em certo ponto, se detiveram para um hurra final de despedida.

A viagem até Londres se fez sem novidades. Tomavam

sempre pelas estradas reais, sem que pessoa alguma se atrevesse a detê-los e interrogá-los. O anel da rainha lhes serviria de passaporte, se tal se desse — e de passaporte realmente serviu quando chegaram às portas de Londres. Entrados que foram, dirigiram-se imediatamente ao palácio real, onde ficaram à espera da audiência da rainha.

Robin e seus companheiros foram hospedados no próprio palácio, mas com as necessárias precauções para ninguém lhes descobrir a identidade.

Naquele dia havia ido o rei para Finsbury Field, onde tinha de realizar-se o torneio; Sua Majestade desejava correr os olhos pela lista dos disputantes inscritos, a ver se estavam todos os em quem depositava maior confiança. O desejo do rei era que seus arqueiros de Londres não fossem batidos por nenhum de fora. Tanto gabava ele esses arqueiros que a rainha concebeu o plano de derrotá-los, ganhando a aposta que faria com o seu real esposo. E, como já conhecesse de fama a perícia no arco dos homens verdes de Sherwood, ajudada pelas informações de Marian, chegou ao passo que já sabemos.

Estava a rainha em sua sala privada de audiências, conversando com várias damas da corte, quando entrou Marian Fitzwalter, vestida em seus trajos usuais de dama de honor. Saudou a soberana com uma graciosa cortesia, pedindo licença para falar.

— Olá! — exclamou a rainha, sorrindo. — Tenho aqui a minha Marian ou o pajem Ricardo Partington?

— Vossa Majestade tem diante de si a ambos — respondeu a jovem. — Ricardo encontrou o homem e Marian o traz a vossa real presença.

— Onde está ele? — indagou a rainha, ansiosa.

— Aguardando audiência, Majestade — ele e mais quatro companheiros —, e ainda certa dama sobre cujo casamento poderia contar a Vossa Majestade a curiosíssima história.

— Pois que sejam introduzidos imediatamente — disse a rainha.

Marian deu ordens; logo depois Robin e os demais faziam sua entrada no apartamento real.

A rainha, que esperava ver homens selvagens, dada a vida que levavam na floresta, sentiu-se logo agradavelmente desapontada. Sua surpresa quase a levou a bater palmas. Porque na realidade aquele grupo de homens formava um grupo de entusiasmar os amigos da beleza varonil e da galanteria — pontos em que na corte não encontravam paralelos. Marian corou de orgulho ao observar a impressão causada pelos seus amigos.

Robin não se esquecera de nenhuma das finuras que sua mãe lhe ensinara, de modo que se comportava ali como um perfeito homem da corte. Quanto a Will Scarlet, já sabemos que maravilhoso dândi ele o era por natureza. Allan-a-Dale não lhe ficava atrás. João Pequeno e Will Stuteley, agigantados, compensavam com a estatura o que lhes escasseasse em polimento. E a senhora Dale estava talvez no período mais radiante da sua formosura, que já era muita ao ocorrerem as cenas tragicômicas do seu casamento.

Robin adiantou-se e ajoelhou-se diante da rainha.

— Aqui tem Vossa Majestade a mim, Robin Hood, e mais quatro dos meus melhores homens. Atendendo ao desejo de Vossa Majestade, apressei-me em vir, sob a guarda deste anel anistiador, que me protegerá e que eu defenderei contra tudo e contra todos, ainda que à custa de minha própria vida.

— Bem-vindo sejas, Lockesley! — disse a rainha sorrindo graciosamente. — Chegaste em momento oportuno, tu e teus bravos companheiros.

Em seguida, Robin foi apresentando os quatro verdes, e a seu turno cada qual se ajoelhava e recebia uma palavra de cumprimento. Na vez da senhora Dale, a rainha beijou-a no rosto e pediu-lhe que ficasse com as damas da corte durante a sua permanência na cidade. Sentaram-se todos. Finíssimos vinhos foram servidos, e bolos e doces e refrescos. Enquanto comiam e bebiam, a rainha lhes contou do torneio de Finsbury, e de como desejava que eles adotassem as cores dela, rainha, e as defendessem do melhor modo. Até lá, porém, queria que se conservassem em absoluto incógnito.

Robin e os demais prometeram cumprir fielmente o disposto. A rainha mostrou-se imensamente interessada pela vida deles, e pediu-lhes que lhe contassem algumas aventuras, o que foi feito, com grande agrado da assistência. Mas a história que mais a encantou, tendo de ser repetida com o maior luxo de detalhes, foi a da peça pregada ao bispo de Hereford, no dia do casamento da senhora Dale, em Plympton. A rainha chorou de tanto rir.

— O excelentíssimo senhor bispo de Hereford! — exclamava ela a torcer-se. — Realmente, nunca soube de homem gordo em situação mais cômica! Hei de um dia interpelá-lo sobre o caso, prometo-vos. E com que então é este o poeta? — o menestrel disse, voltando-se para Allan-a-Dale. — Pois a fama de suas canções já me chegou aos ouvidos — e muito me agradaria de ouvi-lo à harpa. Será possível, gentil menestrel?

Allan curvou-se e, fazendo vir a harpa, que trouxera consigo, afinou-a e a ela cantou as melhores canções que sabia. A rainha e suas damas ouviram-no com o maior enlevo.

MAID MARIAN

CAPÍTULO

XIII

N. C. Wyeth . 1917

COMO ROBIN SE COMPORTOU NO TORNEIO DO REI

A manhã do dia do grande concurso de tiro foi das mais agitadas de Londres; curiosidade intensíssima, tanto no mais emproado cortesão como na mais humilde cozinheira. Dos subúrbios da cidade começaram a afluir veículos de toda sorte, rumo ao campo de Finsbury, onde se erguiam extensas arquibancadas para o público. No centro ficavam os camarotes da corte e da nobreza. À esquerda, as tendas alegremente coloridas, das diferentes turmas dos arqueiros do rei, dez ao todo, comandadas por chefes de grande renome. Sobre as tendas flutuavam flâmulas reais, agitadas pela brisa da manhã.

Cada flâmula correspondia a uma turma, com sua cor e insígnia. A púrpura correspondia à gente de Tepus, favorita do rei e tida como a melhor do reino; depois vinha a amarela, de Clifton de Buckinghanshire; a azul, de Gilbert de White Hand, famoso no Nottinghshire; a verde, de Elwyn, o galês; a branca, de Robert de Cloudesdale; e mais outras de menor renome. Como dissera a rainha, o rei sentia-se imensamente orgulhoso dos seus arqueiros, havendo promovido aquele torneio para gozar a demonstração de habilidade da sua gente.

As arquibancadas do público encheram-se muito cedo, e davam ideia dum cortiço de abelhas assanhadas. Zunzum permanente. Esperavam-se o rei e os nobres, e também os arqueiros e, para matar o tempo e iludir a impaciência, entretinham-se todos em fazer apostas ou comentar as possibilidades desta ou daquela cor. Vendedores de bolas, doces e refrescos circulavam, anunciando em vários tons as suas mercadorias.

Começaram a entrar os fidalgos e a gente da corte; logo depois as trombetas anunciavam a aproximação de Suas Majestades.

As portas do lado das tendas abriram-se e um arauto, vestido de escarlate e ouro e montado num corcel branco, entrou na frente; logo atrás vinham seis majestosos porta-estandartes, também a cavalo. A assistência ergueu-se e irrompeu em aplausos. O rei Henrique entrava, magnificamente vestido de veludo negro, com chapéu de grande pluma branca, com o qual saudou com graça o público em delírio. A seu lado cavalgava a rainha Eleanor, muito bela e majestática em seu vestido de brocado. Imediatamente a seguir, os príncipes Richard e John, envergando cotas de malha. E, por fim, as dez companhias de arqueiros, que o público saudou com tanto delírio como ao rei.

Suas Majestades apearam e subiram os degraus do camarote real, onde fora armado um trono duplo, forrado de púrpura e abrigado por um riquíssimo pálio. Lado a lado colocaram-se os membros da corte. Um quadro de soberba majestade e opulência, pois nunca os cortesões capricharam tanto em exibir as suas melhores joias e mais ricos trajos.

Um arauto ergueu-se para pedir silêncio, e, ao toque da trombeta, profundo silêncio se fez na multidão. Os cem arqueiros dispuseram-se em duas fileiras, lado a lado da arena, com os seus capitães junto ao camarote real — grande sinal de favor.

— Tepus — disse o rei ao arqueiro-mor —, mede a distância em que deve ficar o alvo.

— Qual vai ser o prêmio? — indagou a rainha.

— O arauto logo o dirá ao público — respondeu Sua Majestade. — Como primeiro prêmio darei uma bolsa de quarenta libras de ouro; como segundo, uma de quarenta moedas de prata; e como terceiro, uma buzina de prata com embrechados de ouro. Além disso, se as minhas turmas conquistarem todos os prêmios, ainda terão, anexos ao primeiro prêmio, dois cascos de vinho do Reno; para o segundo, dois barris de cerveja; e para o terceiro, cinco dos mais gordos veados de Dallon Lea. Como vês, são prêmios dignos de festa.

O audacioso Clifton, seguro do favor real, adiantou-se.

— A distância é pouca para nós, Majestade — disse ele. — A mira que nos seduz é o sol ou a lua.

— Não teremos a nossa mira tão longe assim — disse o rei. E para Tepus: coloca os alvos a cem passos.

Tepus executou a ordem, erguendo dez alvos, cada qual com a flâmula duma das companhias de arqueiros; enquanto isso o arauto anunciava ao público as regras do concurso e os prêmios. Era livre a prova para quem quer que fosse. Cada atirador tinha direito a três tiros, de modo a ser apurado quais os melhores das dez turmas. Em seguida esses dez melhores disputariam entre si — e também com quem quer que se apresentasse.

O povo aplaudiu delirantemente as palavras do arauto, concordando com as regras. Os arqueiros tomaram posições. Ia começar o torneio.

Começaram os tiros, e deles não há dizer um por um, tantos foram — três para cada homem. Nessa primeira série houve empates, que determinaram novos tiros de desempate. Todos os arqueiros traziam número, de modo a facilitar a contagem dos pontos, e, como fossem muitos, os alvos iam-se transformando em enormes ouriços. O povo aplaudia e o rei cada vez mais se orgulhava dos seus homens.

Finda essa primeira parte, foi feita a verificação dos tiros.

Tepus, como era esperado, colocou-se em primeiro lugar, com seis sucessivos centros. Gilbert, de White Hand, o seguiu com cinco; depois veio Clifton, com quatro. Os demais capitães também haviam conquistado quatro pontos, mas não seguidos. Nas demais companhias, o maior número de pontos foi por vezes alcançado por outros que não os respectivos capitães.

Os vencedores saudaram o rei e a rainha e retiraram-se para o recinto do repouso e do reparo dos arcos. Tinham de preparar-se primorosamente para a segunda prova — com um novo alvo colocado a 120 passos.

A um sinal do rei, o arauto anunciou que essa prova iria resolver quanto ao título do melhor arqueiro da Inglaterra, sendo, portanto, livre a todo mundo, alistado ou não. Os tiros anteriores, entretanto, haviam sido tão bons que poucos dos vindos com intenção de tomar parte no concurso se apresentaram — apenas doze.

— Pelo meu reino! — exclamou o rei. — Devem ser de primeiríssima ordem estes desconhecidos para assim se atreverem a disputar com os meus homens!

— Estás convencido, Henrique, de que teus arqueiros são realmente os melhores do reino? — perguntou a rainha.

— Mais que isso — respondeu Sua Majestade.

— São os melhores do mundo — e neles aposto quinhentas libras.

— Pois aceitarei a aposta, disse a rainha, mas hás de permitir-me uma mercê...

— Qual é?

— Se eu apresentar cinco arqueiros melhores que os teus, conceder-me-ás cinco perdões.

— Pois decerto! — decidiu o rei com bom humor.

— Mas vais perder, minha cara, porque nunca houve atirador que igualasse Tepus, ou mesmo Clifton ou Gilbert.

— Hum! — murmurou a rainha com ar incrédulo. — Hei de ver se nesta multidão não haverá alguém que me ajude a ganhar a aposta. Rapaz, chama à minha presença sir Richard de Lea e o senhor bispo de Hereford.

Os dois indicados apresentaram-se.

— Sir Richard — disse a rainha —, quero a sua preciosa opinião de cavalheiro sobre um ponto — se poderei ganhar a aposta feita com Sua Majestade. Apostei como há quem bata os três campeões do dia.

— Sou de parecer que Vossa Majestade vai perder a aposta — respondeu Sir Richard, curvando-se. — Não há ninguém por aqui que possa emparelhar-se com Tepus, Clifton e Gilbert. Só lá pela Floresta de Sherwood, pelo que tenho ouvido dizer, haverá homens à altura de competir com eles.

A rainha sorriu e agradeceu-lhe o informe.

— Senhor bispo — disse ela em seguida ao segundo chamado —, acha razoável que eu mantenha a aposta que fiz com o rei?

— Vossa Majestade me perdoe — respondeu o bispo —,

mas não acho aconselhável manter semelhante aposta. Os arqueiros do rei não têm rival.

— Mas suponha que eu encontrasse homens que o senhor bispo *sabe* serem mestres no arco — insistiu maliciosamente a rainha —, nem nesse caso me aconselharia a aposta? Ouvi dizer que lá para os lados de Nottingham e Plympton existem atiradores maravilhosos...

O bispo olhou em redor, já nervoso, como esperando ver por ali a gente de Robin Hood; por fim encarou a rainha, em cujos olhos leu tudo. "A história da minha aventura em Plympton evidentemente já chegou aos ouvidos dela", refletiu lá consigo. E em voz alta:

— Majestade, certas histórias que correm são exageros. Quanto à aposta do rei, só tenho a dizer que a duplico. Também aposto que os arqueiros reais são invencíveis.

— Pois aceito a sua aposta, senhor bispo — respondeu a rainha. — A quanto monta?

— Aqui tem minha bolsa — tornou o bispo, visivelmente incomodado. — Existem nela cem libras.

— Aceito o desafio, senhor bispo de Hereford — disse a rainha. E, voltando-se para o rei, que conversava com os dois príncipes: — Também aceito a tua aposta de 500 libras, Henrique.

— Bravos! — exclamou o rei, divertido com a bravata da esposa. — Só estranho o súbito interesse que tomaste pela disputa.

— É que descobri cinco homens de valor excepcional, e neles confio de modo absoluto.

— Pois que apareçam sem demora — disse o rei. Que me dizes de escolher os cinco melhores, para em seguida contrapô-los às tuas cinco maravilhas?

— Ideia excelente — concordou a rainha — e fez um sinal a Marian, que estava no camarote vizinho com as damas de honor. Marian veio, cochichou com a rainha e afastou-se.

Os arqueiros reais penetraram na arena, e a eles se juntaram os novos doze que também queriam competir. A atenção do público traduziu-se pelo silêncio absoluto. Todos os olhos se enfocavam naquele grupinho de disputantes. Começou a prova. Tepus deu o primeiro tiro e sua flecha centrou matematicamente. Gilbert colocou a sua quase unida à de Tepus. Elwyn tirou o terceiro lugar, e Clifton, o quinto. O quarto foi obtido por um dos doze concorrentes novos, um tal Geoffrey. Os demais, embora atirassem bem, traíram o nervosismo.

O arauto ergueu-se de novo, mas, em vez de anunciar o fim do concurso, como o público esperava, declarou que haveria ainda uma derradeira prova. Tepus e Gilbert haviam empatado e três mais haviam obtido magníficas colocações. Esses cinco iam agora bater-se com outros cinco da escolha da rainha — arqueiros desconhecidos e que ainda não se haviam mostrado.

Um frêmito eletrizou a assistência. Quem seriam esses homens escolhidos pela rainha? Era a pergunta que brotava de todos os lados. O murmúrio tornou-se intenso, e mais ainda quando a porta do campo se abriu para dar passagem a cinco arqueiros escoltados por uma dama a cavalo. Esta foi logo reconhecida, pois se tratava de Marian, dama-de-honor da rainha; mas ninguém soube dizer de qualquer dos cinco novos atiradores. Quatro vinham vestidos de pano verde de Lincoln, e um de escarlate — o que parecia o chefe. Cada qual trazia na cabeça um capuz empenachado de penas brancas, e como armas apenas o arco, as flechas e uma curta faca mateira à cinta.

Quando o grupo chegou diante do camarote da rainha, todos os cinco se descobriram e se curvaram graciosamente, enquanto Marian apeava.

— Graciosa Majestade, disse ela, eis os homens que fui incumbida de trazer e que vão usar as vossas cores e defendê-las nesta justa.

A rainha saudou-os num gesto de cabeça, e entregou a cada arqueiro uma echarpe verde e ouro.

— Lockesley, disse ela erguendo a voz, agradeço-te, e aos teus companheiros, a homenagem que me prestais. Sabeis que tenho apostado com Sua Majestade que superareis os cinco campeões até aqui apresentados como vencedores.

Os cinco arqueiros levaram as echarpes aos lábios como jura de lealdade.

O rei voltou-se para a rainha interrogativamente:

— Onde descobristes estes homens, querida?

O Bispo de Hereford interveio, a um tempo rubro e pálido.

— Vossa Majestade me perdoe, disse ele atabalhoadamente, mas acho-me no dever de denunciar estes homens como bandoleiros. O de escarlate não é outro senão o próprio Robin Hood. Também conheço os demais: João Pequeno, Will Stuteley, Will Scartlet e Allan-a-Dale — todos eles famigerados nos distritos de Nottingham pelas suas proezas e violências.

— Oh! O senhor bispo os conhece pessoalmente! — exclamou a rainha com ar de admirada.

O rosto do rei sombreou-se. O nome de Robin Hood lhe era conhecido, como também de toda a assistência.

— É verdade o que diz o senhor bispo, querida? — perguntou ele, severo.

— Lembre-se, meu querido esposo e senhor, que tenho uma real promessa de perdão, foi a ardilosa resposta da rainha.

— Bem, disse o rei, contendo-se. Mantenho a palavra dada, mas esse perdão só durará quarenta dias. Findos que sejam, voltarão esses homens à situação de fora da lei.

E, voltando-se para os seus arqueiros vitoriosos:

— Ouvistes, meus homens, o que se passa. Tenho uma aposta com a rainha, eu por vós, ela pelos bandoleiros. Sua Majestade escolheu para defender suas cores os homens fora da lei que erram pelas Florestas de Sherwood e Barnesdale. Cuidado, pois, meus bons arqueiros. Se os vencerdes, enchereis vossos chapéus de ouro — e será elevado a cavaleiro o que obtiver o primeiro lugar. Mas, se perderdes, todos os prêmios irão para Robin Hood e seus sequazes.

"Robin Hood e seus sequazes!" Essas palavras percorreram a assistência com a velocidade do raio, e todos os pescoços se espicharam para ver os homens incríveis que assim arrostavam a cólera do rei na defesa das cores da rainha.

Novo alvo foi colocado a cento e vinte passos; cada atirador tinha direito a três tiros. Tirou-se a sorte para ver quem começava. A sorte favoreceu o partido do rei — e Clifton foi convidado a atirar primeiro. Clifton avançou, firmou os pés e umedeceu os dedos antes de pegar a corda; parecia resolvido a exceder-se a si próprio. E, de fato, o conseguiu; sua flecha foi cravar-se no "olho de boi", isto é, no centro, embora não no centro matemático. O segundo tiro também pegou o centro negro. O terceiro pegou a área do primeiro círculo, a dois dedos do centro negro. O povo aclamou-os. Aqueles disparos tinham sido os melhores do dia.

Chegou a vez de Will Scarlet. Adiantou-se, com três flechas cuidadosamente escolhidas.

— Cuidado, amigo! — sussurrou-lhe Robin. — O primeiro atirador deixou bastante espaço no olho de boi para as tuas três setas.

Mas de nada valeu o aviso; o primeiro tiro de Will acertou no segundo círculo — pior, pois, que o pior de Clifton.

— Estás nervoso, Will — disse Robin. — Faça de conta que isto aqui é Sherwood.

O conselho valeu, pois os dois últimos tiros de Will foram melhores que o melhor de Clifton. Mesmo assim, na contagem de pontos, ficou abaixo deste. Will Scarlet mordeu os lábios, mas nada disse, enquanto o povo prorrompia em aplausos frenéticos ante a vitória do arqueiro do rei sobre o bandoleiro.

O alvo foi mudado para os disputantes seguintes — Geoffrey e Allan-a-Dale; alguém notou que muitas damas de honor da rainha usavam as cores de Allan, e ainda que entre essas damas havia uma a demonstrar um interesse excessivo.

— Se teu esposo, senhora Dale — disseram-lhe as damas de honor —, consegue manejar o arco tão bem quanto a harpa, seu rival tem poucas chances de vitória.

Com os tiros anteriores, Geoffrey tinha-se alçado à notoriedade naquele dia; mas ao disputar com Allan perdeu. Embora alojasse suas três setas num triângulo que enfeixava entre seus lados o olho de boi, deixara bastante espaço dentro do triângulo para Allan colocar as suas. E, como foi o que se deu, os aplausos romperam frenéticos, sobretudo no camarote das damas.

Devemos notar que no bando de Robin havia uma rivalidade sempre acesa sobre qual o melhor atirador depois do chefe. Robin e Will Stuteley tinham ultimamente tirado a prova absoluta quanto ao primeiro lugar, que coube a Robin. Já quanto ao segundo, havia dúvidas entre João Pequeno e Will Stuteley. E como naquele dia um fizesse questão de não perder para o outro, ambos olhavam ansiosos para o chefe; quem indicaria ele para o próximo tiro? Robin leu aquela ansiedade em seus rostos e riu-se; tirou a sorte.

— Vai agora, Stuteley — disse ele —, já que a sorte o decidiu assim.

Seu companheiro ia ser Elwyn, o galês, que atirou em primeiro lugar e não melhor que Geoffrey. Mas Stuteley não soube aproveitar-se da vantagem. Tinha o defeito da precipitação. Naquele dia esse defeito ainda mais se acentuou, o que lhe valeu colocar duas setas mais afastadas do centro que as de Elwyn.

— Will! Will! — exclamou Robin. — Estás esquecendo a honra da rainha e o crédito de Sherwood...

— Perdão, chefe, murmurou Stuteley com humildade — e dessa vez apurou o tiro, conseguindo colocar a derradeira flecha exatamente no centro matemático — o melhor tiro do dia!

O público dividiu-se nos seus aplausos, mas o número de pontos de Elwyn superou o de Stuteley. O rei, então, voltou-se para a rainha.

— Que me dizes a isto, querida? — murmurou ele em tom de triunfo. — Em três rounds, dois já pertencem aos meus homens. Teus bandoleiros farão com que percas a aposta.

A rainha sorriu gentilmente.

— Mas, meu caro, tenho ainda de reserva os melhores. É cedo para que meu querido esposo cante vitória...

— E esqueces também que ainda tenho de reserva os meus melhores — Tepus e Gilbert — volveu Sua Majestade.

Todos os olhos voltaram-se para a arena. Iria começar a quarta prova. O rei Henrique tudo acompanhava com a atenção dum rei que segue ansioso a marcha duma invasão do seu reino.

Tepus adiantou-se e cometeu o mesmo erro de Will Scarlet. Seus dois primeiros tiros não atingiram o olho de boi; já o terceiro o apanhou matematicamente no centro, com a seta unindo-se à que Stuteley cravara lá. Grandes aplausos se seguiram, embora fossem apequenados pelos que conquistou João Pequeno. O agigantado bandoleiro colocou as duas primeiras setas bem melhor que as primeiras de Tepus; quanto à terceira, oh, a terceira foi lançada para o ar; nele descreveu uma curva graciosa e veio fincar-se no centro do olho de boi, de lá desalojando a de Tepus.

O rei mal acreditava no que seus olhos viam.

— Pelo meu reino! — exclamou. — Este homem merece ou um ducado ou a forca! Deve ter pacto com Satanás. Nunca vi, nem soube, de tiro assim!

— Por enquanto, estamos empatados — disse a rainha voltando-se para ele. — Vamos ver agora como se comportam o teu Gilbert e o meu Robin.

Gilbert adiantou-se e lentamente foi espetando as suas três setas no olho de boi. Os melhores tiros do dia, mas nenhum deles tocou no centro matemático.

— Bravos, Gilbert! — exclamou Robin. — És um rival que me honra. E tomando posição: "Se tivesse colocado a tua primeira seta *ali* — e atirou; e a segunda *ali* — e atirou; e a terceira *ali* — e atirou; então talvez o rei te proclamasse o melhor atirador da Inglaterra!".

Suas últimas palavras foram cobertas pela tempestade de aplausos que se seguiu. As duas primeiras setas tinham-se cravado no centro matemático, emparelhadinhas, e a terceira alojara-se entre elas, despedaçando-as.

O rei ergueu-se, entre assombrado e colérico.

— Gilbert ainda não foi batido! — gritou ele. — Alojou suas três setas no olho de boi — e acertar no centro, segundo as boas regras do tiro, resume-se nisso.

Robin curvou-se.

— Como Vossa Majestade queira — disse. — Podemos considerar a prova como empatada e proceder ao desempate.

Muito a contragosto, teve o rei de consentir. Robin, então, tomou duma vara de salgueiro e correu a fincá-la na terra como alvo.

— Pronto, amigo Gilbert — disse ao voltar. — Temos lá um alvo excelente para prova da nossa habilidade.

— Mas eu mal enxergo daqui esse tal alvo! — murmurou Gilbert. — Pela honra do rei, entretanto, vou tentar.

Gilbert atirou. Nada. A varinha permaneceu imóvel. Robin adiantou-se. Escolheu cuidadosamente uma seta; ajustou-a na corda; fez pontaria demorada. A assistência, de pé, nem sequer respirava — e foi sob um silêncio jamais visto que Robin atirou. A vara de salgueiro abriu-se em duas, como se fendida por invisível lâmina.

— Para mim, isso é feitiçaria pura — rosnou Gilbert —, pois não admito que tiros dessa ordem sejam possíveis.

— Fácil verificar que não — respondeu Robin. — Basta que vás à nossa Floresta de Sherwood. É lá que crescem os salgueiros, não nas ruas de Londres.

Entrementes, o rei se erguera para retirar-se, desapontado e colérico, deixando ordem aos juízes para a entrega dos prêmios. Nada disse à rainha. Montou a cavalo e, seguido dos príncipes, retirou-se da festa.

A rainha fez sinal aos bandoleiros para que se aproximassem. Todos vieram ajoelhar-se-lhe aos pés.

— Esplendidamente me servistes — disse ela — e muito lamento que isso haja despertado a cólera do rei. Mas nada receeis — tenho a sua real palavra. E aos prêmios que haveis conquistado, acrescentarei os meus: as somas ganhas nas apostas feitas com o rei e o bispo de Hereford. Comprai com esse ouro as melhores espadas de Londres, para vós e vossos companheiros da floresta — e que se chamem "as Espadas da Rainha". E jurai proteção a todos os fracos e perseguidos que encontrardes em vosso caminho.

— Assim o juramos! — responderam os cinco homens a um tempo.

A rainha deu-lhes a mão a beijar; em seguida, partiu para o palácio com a sua comitiva de damas.

Os arqueiros do rei vieram rodear Robin e os outros, ansiosos por vê-los, bem, bem, bem, a esses bandoleiros que já tanto conheciam através das lendas. A curiosidade do povo não era menor. Nunca a gente de Londres se afobou assim para conhecer de perto cinco homens.

Os juízes começaram a distribuir os prêmios, de acordo com as instruções do rei. Robin recebeu a bolsa com quarenta libras de ouro; João Pequeno, as vinte moedas de prata; Allan-a-Dale, a preciosa buzina incrustada, coisa que sobremodo o encantou, pois, músico que era, nada lhe seria mais grato que um instrumento de emitir sons. Quando chegou a vez da distribuição do vinho do Reno e dos cinco veados gordos, Robin disse:

— Não. Para que queremos tanto vinho e carne em Sherwood? Seria o mesmo que levar carvão para Newcastle. Peço permissão aos meus valentes competidores para lhes oferecer esta vinhaça e estes ricos veados de Dallon Lea.

— Obrigado por todos! — falou Gilbert, apertando a mão de Robin. — Sois bons homens e a vossa saúde beberemos, em memória do maior torneio de arco que a Inglaterra ainda viu.

O gesto de Robin restabeleceu o bom humor geral — e nunca homens do rei confraternizaram mais de coração com cinco bandoleiros perseguidos.

CAPÍTULO XIV

Louis Rhead . 1912

COMO ROBIN CONQUISTOU UM FUNILEIRO

O rei Henrique manteve a palavra. Robin Hood e seus companheiros puderam deixar Londres e por quarenta dias ninguém os incomodou. Mas, findo o prazo, foi intimação ao xerife de Nottingham para que pusesse as mãos nos bandoleiros, sob pena de ser destituído.

Na realidade, as façanhas de Robin Hood e seu bando, coroadas com a vitória no torneio de Finsbury, causavam a mais profunda impressão na Inglaterra; toda gente ria-se da impotência das autoridades de Nottingham.

Metido em brios, o xerife planejou três novas expedições contra os bandoleiros, mostrando-se bravo a ponto de as chefiar. Bravura, aliás, fácil, para quem dispunha de trezentos homens de escolta. Mas em nenhuma conseguiu sequer avistar a sombra dum bandoleiro. A mobilidade da gente de Robin era extraordinária.

Acontecia ainda que a filha do xerife entrara a odiar Robin Hood com todas as forças do seu coração, desde o momento em que ele a humilhou em público, preterindo-a a Marian na homenagem da flecha de ouro. E também a filha do xerife entrou a dar tratos à bola para ajudar seu pai na grande empresa.

— Inútil perseguir esse homem com escoltas, por mais numerosas que sejam — disse ela. — Temos de apanhá-lo por meio da astúcia. Fazer com ele o que ele faz conosco.

— Sim, tens razão — suspirou o xerife. — E não será sem tempo, visto que esse homem se vai tornando um puro pesadelo.

— Estou amadurecendo um plano — disse a moça. — Tanto lidarei que descobrirei a armadilha em que Robin caia.

— Amém — suspirou o xerife —, e se o conseguires, dar-te-ei cem moedas de prata para um vestido novo — e o dobro para o homem que primeiro lhe ponha a mão em cima.

No mesmo dia dessa conversa, e enquanto a filha do xerife espremia os miolos em busca duma traça, aconteceu vir à Mansion House um folheiro ambulante de nome

Middle, falador, gabola e pretensioso. Deram-lhe serviço na copa — reparos em peças da cozinha. Middle não sabia trabalhar calado. Ia remendando as latas e falando com quem estivesse perto — ou consigo mesmo, se se via só. Seu tema era o que ele faria se andasse na cola de Robin Hood.

Ouvindo uns trechos daquela parolagem, a filha do xerife reflexionou com seus botões: "Às vezes as coisas vêm donde menos esperamos. Quem sabe se com este funileiro simplório consigo eu alguma coisa".

Mandou chamá-lo à sua presença; examinou-o dos pés à cabeça. Era um homem forte, de bom aspecto e franco. Quando ria, toda sua alma vinha à tona do rosto.

— Ando com ideia de experimentar a sua habilidade na captura de bandoleiros — disse-lhe ela por fim. Ouvi seu solilóquio, sei das suas pretensões. Quer passar do simples planejamento para a realização?

O funileiro riu-se com a cara inteira.

— Com o maior prazer, minha senhora!

— Então dar-lhe-ei uma ordem-passaporte assinada pelo xerife. Com esse sésamo todos o ajudarão e, portanto, tudo serão facilidades.

E assim aconteceu.

Recebida a ordem-passaporte, Middle deixou a casa do xerife, radiante com a missão que lhe fora confiada. Saiu pela rua a regirar o seu cajado, como se o ar andasse cheio de Robins etéreos. E convencido de que realmente era um herói cuja oportunidade só agora se apresentava, deixou Nottingham rumo à floresta.

Estava um dia quente e poento. Lá pelo meio-dia, entrou Middle numa taverna de beira de estrada — Taverna dos Sete Veados — para um refresco. Estava lá a manducar qualquer coisa e a beber quando deu tento na conversa do taverneiro. O assunto de sempre: Robin Hood e suas façanhas.

— Dizem por aí que o xerife mandou buscar em Lincoln mais homens de armas e cavalos, e que logo que os tenha varrerá a floresta como se varre uma sala. O xerife terá assim o grande prêmio prometido.

— De quem está a falar? — indagou o funileiro, largando o copo.

— De quem mais? De Robin Hood e seus companheiros — disse o homem. — Mas tu, meu caro, nunca apanharás a recompensa prometida, de modo que o melhor é continuares no teu come e bebe.

— E por que não? — protestou o funileiro, erguendo-se com grande dignidade.

— Por quê? Boa pergunta! Onde até agora o próprio xerife fracassou, e também Sir Gisborne, e tantos mais, havia um funileiro de ser bem-sucedido Ah, ah, ah!...

O funileiro fechou o sobrecenho e gravemente pousou a mão sobre o ombro do motejador.

— Lá está sobre a tábua o dinheiro que devo — disse. — Vou continuar minha viagem, pois tenho coisa mais séria a fazer do que ouvir tolices de taverneiro. Mas não se espante, meu caro, se eu reaparecer cá trazendo comigo o próprio Robin Hood!

Disse e retirou-se, de cabeça alta, deixando o taverneiro de boca aberta. Lá fora, tomou o rumo da Floresta de Barnesdale.

Não havia caminhado ainda um quarto de milha quando topou um jovem de cabelos cacheados e ar alegre. Vinha de casaco ao ombro por causa do calor e sem mais arma que uma espada leve. Ao ver o funileiro, saudou-o:

— Viva, amigo!

— Viva, meu rapaz! — respondeu o funileiro. — E que o dia de amanhã te seja menos quente.

— Amém. Que novidades temos por este mundo de Cristo?

— Novidades? — tornou o funileiro. — Lá sei disso. Sou um simples mecânico de nome Middle e venho de Bambury.

— Pois a novidade que tenho é que dois funileiros foram para o pelourinho por darem demais ao gargalo — brincou o moço.

— Se é essa a novidade que sabes — revidou Middle —, vou pôr-te nocaute já.

— Vejamos isso...

— Sei da história dum funileiro que foi comissionado

— comissionado, hein — para apanhar um célebre bandoleiro de nome Robin Hood.

— Sério? — exclamou o moço cerrando os sobrolhos. Especialmente comissionado?

— Ah, tenho uma ordem-passaporte assinada pelo próprio xerife, para andar por onde queira e para que todo mundo me preste mão forte. E se tu me puderes dar indicação do sítio onde paira esse Robin, farei de ti alguma coisa no mundo.

— Deixa-me ver a ordem e, se verificar que é assim como dizes, pronto estarei para ajudar-te.

— Isso é que não! Essa ordem é por demais preciosa para que eu a arrisque mostrando-a a quem a queira ver. Já que não queres me ajudar, apanharei o pássaro sozinho — e pior para ti.

E floreou o cajado no ar como se já tivesse diante de si o inimigo.

O moço sorriu da simplicidade do funileiro e disse:

— O meio da estrada, num dia quente como este, não é lugar mais adequado para a discussão de semelhante assunto. Quem sabe se poderemos nos entender? Quem sabe se és o meu homem e eu o teu? Proponho uma chegada à próxima taverna, onde, depois dumas bebidinhas, poderemos com calma e discrição estudar o assunto.

— Bem falado! — exclamou o funileiro. — Acabo de vir da taverna próxima; mas como a sede voltou, aceito a tua inteligente sugestão. Sigamos para lá.

E lá se foram os dois para a Taverna dos Sete Veados.

O taverneiro refranziu as sobrancelhas quando viu o freguês de momentos antes retornar acompanhado — e serviu-os em silêncio.

O funileiro pediu vinho e o outro, cerveja. O vinho não era a bebida mais adequada para quem queria discutir coisa séria, pois precisava conservar a cabeça fresca. Mas o funileiro o pediu por ser mais caro e ser ele o convidado. Middle foi emborcando copos sobre copos, enquanto o desconhecido expunha planos sobre planos para a captura de Robin Hood.

Por fim, o funileiro aplastou-se sobre a mesa, a ressonar. O moço então meteu-lhe a mão no bolso e sacou fora a carteira. Nela encontrou de fato uma ordem-passaporte assinada pelo xerife. Verificado isso, o moço chamou o taverneiro e o preveniu de que ia retirar-se, devendo o funileiro, ao despertar, satisfazer a conta.

Mas o moço não parecia ter pressa nenhuma. Em vez de partir, ficou, como desejoso de gozar a cena do despertar de Middle. Ficou do lado de fora, espiando pela janela.

Súbito, o funileiro despertou, bocejou e, ainda estremunhado, pediu mais vinho, retomando o fio da conversa no ponto em que o sono o interrompera.

— Repete-me esse ponto, rapaz. Tu achas que... Oh! Que é do rapaz? E para o taverneiro: — Que é do moço que estava bebendo comigo? E depois de correr os olhos pelo recinto: — Não me parece que esteja aqui e, no entanto, entrei a convite dele. A conta tem de ser paga por ele.

— Talvez haja deixado o dinheiro no teu bolso, pois o vi fazer gesto disso.

O funileiro apalpou-se precipitadamente.

— Não, não! E vendo-se sem a carteira: — Socorro! Socorro! Fui roubado! E a ti, taverneiro, acuso-te de crime de alta traição! Estou a serviço de Sua Majestade, o rei, como te disse de manhã. E, enquanto durmo uma soneca em tua casa, certo de estar em casa de homem de bem, fiel ao rei, deixas que me furtem, que me saqueiem o bolso e dele arranquem importantíssimos papéis do Estado!

— Cala essa boca! — gritou o taverneiro. Que foi afinal de contas que perdeste?

— Oh, um papel importantíssimo, asseguro!

Eu o trazia comigo, na carteira. Sim. Uma ordem-passaporte assinada pelo nosso bom xerife de Nottingham e selada com o selo do rei. Sim! Para a captura desse famoso Robin Hood de Barnesdale! Espera! Faltam-me mais coisas — continuou o funileiro, passando revista aos outros bolsos. — Falta-me um pedaço de pão que eu tinha cá! Idem, um bastãozinho de solda! Idem, seis chaves! Idem, dois xelins ganhos com o meu trabalho esta semana!...

— Para com esses idens, homem! — gritou o taverneiro. — E muito me admiro que injuries assim o teu amigo Robin Hood. Pois não foi com ele que retornou aqui, pondo-se os dois a cochichar na maior camaradagem por meia hora?

— Quê! Robin Hood o moço que esteve aqui comigo? — exclamou Middle com os olhos a saltarem das órbitas. — E por que não me avisaste?

— Claro que não me pareceu necessário. Pela manhã, ao saíres, não disseste que não me admirasse de ver-te voltar com o senhor Robin Hood em pessoa?

Os olhos do funileiro não cessavam de crescer.

— É verdade! — murmurou, tomado de tremura. — É verdade! E ele me trouxe para aqui, e me filou a ordem e mais coisas!...

— Sei, sei — berrou o taverneiro. — Sei de tudo, não sou cego. E sei também que há uma conta de vinho e cerveja a pagar.

— Pagar como, se fui saqueado? Deixa-me ir na pegada desse patife, que o trarei cá de volta, arrastado.

— Isso é que não. Se for esperar por semelhante coisa, morro de velho sem receber vintém.

— A quanto montam as despesas? — indagou Middle.

— A dez xelins.

— Pois então fique com meu saco de funileiro em penhor. Logo que tenha apanhado o ladrão, voltarei para o resgate.

— Não basta. Tens de deixar esse teu casaco de couro. Tarecos de funileiro de pouco me adiantam.

— Deus do céu! — exclamou Middle, já a pique de perder a paciência. — Parece que escapei dum bandido e caí nas unhas de outro! Se queres dar um passeio comigo até ali ao meio da estrada, prometo pagar-te com juros, rachando de alto a baixo essa cabeça de porco.

— Estás perdendo tua cólera, amigo, e fazendo-me perder meu tempo — retorquiu o taverneiro.

— Saca fora o casaco de couro e vai-te em procura de quem te logrou. É o caminho que tens a seguir.

Middle não teve remédio senão fazer o que o dono da casa exigia, e aliviado do casaco lá se foi pela estrada afora, mais desnorteado e azedo do que nunca em sua vida.

Andada que foi coisa de meia milha, deu de novo com Robin Hood, à sombra duma árvore de beira de estrada.

— Olá, vilão! — gritou o funileiro de longe. — Não fujas! Tenho grande necessidade de ti neste momento.

Robin olhou-o com surpresa.

— Quem é este maroto que assim me trata desta maneira?

— Maroto, não! Absolutamente, não! — respondeu o funileiro ofegante. — Sou o mais honesto dos homens, mas... Mas há aquela ordem do xerife... E ainda o dinheiro da conta da taverna...

— Hum! — fez Robin. — Vejo agora que é o nosso honrado funileiro que anda atrás de Robin. Encontraste-o, por acaso?

— Sim, sim, e venho prestar-lhe minhas homenagens.

Disse e avançou contra Robin de cajado erguido, sem lhe dar tempo de arrancar a espada. E, enquanto Robin fazia isso, o funileiro conseguiu acertar-lhe três golpes sucessivos, de moer a um menos duro. Mas a espada de Robin saiu afinal da bainha e a situação inverteu-se. Quem passou a levar golpes sucessivos foi o funileiro — mas nenhum o alcançava. O cajado era três vezes mais longo que a lâmina de Robin — "Espada da Rainha" —, de modo que a vantagem da qualidade era anulada pela quantidade da arma rival.

Robin teve de recorrer à buzina.

— Detém-te um bocado, funileiro! — disse ele. — Tenho um negócio a propor-te.

— Sim, sim — respondeu o terrível homenzinho.

— Antes de ouvir do teu negócio, quero enforcar-te nessa árvore — e vá golpe, vá golpe.

Mas Robin deu jeito de, ao mesmo tempo que se defendia, levar a buzina à boca e desferir as três notas de chamamento.

— O diabo te leve! — urrou o funileiro, redobrando o ataque. — Vens com os teus truques, não é? Mas acabarei contigo antes que teu chamado de buzina surta efeito.

Engano do funileiro. Robin defendeu-se alegremente com a "Espada da Rainha" até que seus homens repontassem. Surgiram João Pequeno, Will Scarlet e vinte outros. Num ápice, Middle foi agarrado e manietado, enquanto Robin se sentava para descansar.

— Que é isso, chefe? Parece exausto — observou João.

— Na verdade, esse maroto de funileiro fez-me a seu modo pagar a cerveja que bebi — respondeu Robin rindo-se.

— Quer dizer então — disse o agigantado bandoleiro — que é bom cobrador de contas — e como tenho muitas a pagar, terá ele de avir-se comigo.

— E comigo também — acrescentou Scarlet, que andava querendo desentorpecer os músculos.

— Nada disso! — ordenou Robin. — Eu o teria batido em instantes, se tivesse à mão um pau. Mas esta "Espada da Rainha" às vezes me atrapalha. Tenho dó — tenho medo de arriscar tão linda lâmina contra um simples cajado. Eis o segredo de tudo. Além disso, ele tinha razão na contenda: eu de fato furtei-lhe uma ordem-passaporte que o xerife lhe dera — uma ordem contra mim...

— E também — acrescentou o funileiro — um pedaço de pão; idem, um bastonete de solda; idem, seis chaves; idem, dois xelins; idem...

— Sim, já sei — disse Robin interrompendo-o. — Eu estava do lado de fora espiando pela janela e ouvi a relação de todos os idens. Vou restituir-te tudo isso — e os xelins transformados em ouro. Toma.

O funileiro abriu a boca. Depois:

— Pela minha lanterna de soldar e pelo meu casaco de couro que lá ficou penhorado na taverna daquele ladrão, juro que nunca encontrei homem de quem eu gostasse tanto como de Robin Hood! E se quiserdes, tu e teus companheiros, tomar-me convosco, juro que vos servirei ao bando com a maior lealdade. Não precisais por lá dum funileiro? Há de haver armas a soldar, coisas a consertar — e nos momentos de luta também podereis contar com o meu braço.

Os bandoleiros estavam a rir-se gostosamente com o alegre desenlace da refrega.

— Que dizeis da proposta deste camarada? — inquiriu Robin. Achais que nosso bando necessita dum soldador?

— De mim acho que sim — respondeu Will Scarlet. — Há de ser de alguma utilidade para as panelas de Much e Frei Tuck.

E no meio de grande alegria, todos apertaram a mão do funileiro, que jurou fidelidade e não mais pensou no xerife nem em sua filha.

CAPÍTULO

XV

Louis Rhead . 1912

COMO ROBIN FOI CURTIDO POR UM CURTIDOR

A filha do xerife esperou por muitos dias que o terrível funileiro desse sinal de si. Não dava. Desaparecera misteriosamente. Mas tudo a moça poderia supor, menos a realidade — que ele estivesse incorporado ao bando, a amolar espadas e aguçar pontas de flechas, ou em falatórios sem fim com Frei Tuck.

O sumiço do funileiro fê-la lembrar-se de outro homem de muita fama conquistada em torneios, um tal Artur-a-Bland, curtidor da cidade de Nottingham. Fazia proezas com o arco, mas o principal estava na sua perícia da luta e no jogo do pau. De três anos àquela parte vinha sistematicamente vencendo na luta todos quantos se apresentavam; até ao famoso Eric de Lincoln quebrou uma costela. E a coisa acabou não havendo no condado quem se atrevesse a lutar com ele.

— Este é o homem que me serve — pensou a filha do xerife, e mandou-o vir à sua presença, com ele combinando o mesmo que combinara com o funileiro — e lá saiu Artur-a-Bland devidamente comissionado para a captura de Robin Hood.

Nada poderia agradar mais a um homem, pois o curtidor chegava a dar-se por feliz quando de passagem via de relance um veado do rei; poderia agora vê-los a contento, e quando interpelado por um guarda florestal responderia com arrogância: "Estou a serviço de Sua Majestade!".

— Ora, graças! — murmurou para si mesmo o curtidor. Não mais esta vida de lidar com tanino e couros mal cheirosos. Posso agora regalar-me com o ar puro da floresta, aqui e ali perfumado pelas flores.

Artur-a-Bland partiu para a empresa, muito mais interessado em gozar-se da nova situação de veadeiro amador do que na captura dos roubadores de veado. Esse interesse excessivo levava os guardas florestais a trazerem-no sempre de olho, na desconfiança que aquilo de curtir peles não passava de truque para esconder um grande amigo de couros com carne dentro. Na realidade, Artur sentia grande inveja dos bandoleiros e da vida livre e aventurosa que levavam.

O curtidor partiu bem preparado para o que desse e viesse, bem abastecido de pão e vinho, excelente arco e afiadas setas ao ombro, rijo estadulho e na cabeça um chapéu de couro de sua própria fabricação. E, assim que entrou na floresta, só teve pensamento para uma coisa: veados, veados e mais veados.

Ora, aconteceu que naquela mesma manhã havia Robin Hood mandado João Pequeno ao vilarejo próximo comprar pano verde de Lincoln para a reforma do vestuário de todo o bando. Para isso, usaria parte do dinheiro que lhe dera a rainha. Na tentativa anterior feita para o mesmo fim, Will Scarlet falhara desastradamente, como já vimos, e por um triz escapou João da forca.

Recebidas agora novas instruções, João partiu, acompanhado por Robin Hood, até a Taverna dos Sete Veados, que já conhecemos pela aventura de Middle. Na taverna beberam e separaram-se.

Robin retornou à floresta e logo que nela penetrou deu com um homem — Artur-a-Bland — ansiosamente a negacear um gracioso veadinho que pastava desatento.

— Por São Jorge! — exclamou o bandoleiro. — Este freguês é dos que se pelam pela carne a que só nós e o rei temos direito.

Há tanto tempo que durava aquele regime de propriedade comum que Robin sinceramente se considerava sócio do rei nos veados. E, como defensor da propriedade comum, cautelosamente se foi aproximando do desconhecido.

Artur-a-Bland estava de arco armado, pronto para desferir contra o veadinho uma seta, quando o estalidar de um galho seco denunciou a presença de alguém. Entreparou, voltou-se. Deu de cara com Robin Hood.

— Olá, isso aí! — gritou Robin. — Baixa esse arco! Com que então estás te preparando para roubar um veado do rei?

— E quem és tu para me interpelares dessa maneira? — tornou o comissionado.

— Já irás saber quem sou — disse Robin, preparando-se para divertir-se à custa do desconhecido. — Sou um dos guardas da floresta. Por ordem do rei, trago de olho os cervos, e por isso me vejo obrigado a prender-te.

— Trazes reforço, amigo? — perguntou o curtidor na maior calma. — Porque se vens só, será meio difícil prenderes-me.

— Estou acompanhado do meu arco e desta espada à cintura — foi a resposta do bandoleiro. — Mas no teu caso não necessito de tanto — basta-me um pau com que te coçar as costelas. Concede-me dez minutos para cortar um.

— Bah! Palavrório! Com discursos dessa ordem nada arranjarás, nem com esse arco de brinquedo ou essa espadinha. Não sabes com quem estás lidando. Se o soubesses, abalarias mais rápido que o veado que fizeste fugir.

— Por Nossa Senhora! — exclamou Robin. — Creio que estas árvores ainda não viram petulante maior. Vou ensinar-te a modéstia, amigo.

Robin desabotoou o cinto e fincou a espada em terra;

POR MONTEIRO LOBATO

em seguida quebrou um galho de pau bem ajeitado aos seus propósitos, que com a faca mateira foi limpando dos ramúsculos e nós.

— Olha, amigo — disse Artur-a-Bland —, curtidor sou eu de profissão — e também sei curtir peles dos valentões sem usar tanino. Nem sabes em que buraco vais te meter!

— Sim, mas espera um pouco — disse Robin. — Esta marreta está um pé mais longa que a tua. Um bocado de paciência. Deixa-me que a corte de tamanho igual; depois começarás teu trabalho de curtume.

— Inútil a poda — bravateou Artur. — Qualquer que seja o comprimento da tua marreta, a minha sempre será muitíssimo mais longa, porque o comprimento da marreta não depende da extensão da madeira, e sim do valor do braço que a empunha. Comecemos.

E começaram. Com os pulsos bem firmes nos paus, entraram a negacear-se um ao outro, como galos de rinha.

Entrementes, João Pequeno concluía sua tarefa mais prontamente do que esperava. Não foi preciso chegar ao vilarejo. Encontrou no caminho um alfaiate seu conhecido, com o qual tratou a fatura e entregou tantos ternos assim, assim, do bom pano verde de Lincoln. A encomenda deveria ser entregue no mês seguinte. E João Pequeno arrepiou caminho, tomando pela direção que Robin levara.

Súbito, ouviu vozes. Reconheceu logo a de seu chefe, disputando com alguém.

— Será possível que o chefe haja caído nas garras de algum agente do rei? — pensou João consigo — e tratou de espiar.

Aproximou-se cautelosamente e afinal viu, numa clareira, Robin e Artur a se negacearem como galos de briga.

— Vai ser coisa boa! — murmurou João para si, apaixonado amante que era da luta a pau. E, sem denunciar-se, por ali ficou, caladinho, a lembrar-se da divertida luta, em circunstâncias bem parecidas, em que Will Scarlet deixara Robin em má situação.

Os dois homens, ambos fortíssimos, empunhavam cajados grossos como pulsos, e rodeavam-se de olhos nos olhos, nenhum desejando ser o primeiro a atacar. Mas Robin acabou perdendo a paciência. Num movimento rápido desferiu a primeira pancada — e certeira, pois pegou o adversário na cabeça, erguendo um galo enorme. O adversário não fez o menor caso daquilo; respondeu com outro golpe do mesmo naipe, que fez nascer na cabeça de Robin uma empola equivalente.

Estava começada a luta. Pau ia e pau vinha, e cantava ora no lombo de um, ora no de outro, ora no entrechoque no ar, mais sonoro que lá no curtume cantava nas peles a curtirem-se. Os calcanhares de ambos enterravam-se no chão e vá pau, vá pau! E por toda uma hora assim, com altos e baixos, agora vantagem daqui, agora dali, sem que um conseguisse dominar o outro. Cada qual mais se espantava do adversário que tinha pela frente e, lá no seu esconderijo, João Pequeno a custo continha berros de entusiasmo. Luta como aquela jamais seus olhos tinham visto.

Em dado momento, Robin teve uma chance, e lá mandou um dos seus golpes de derrubar boi. Apanhado na cabeça, Artur tremeu, vacilou — mas só. Reaprumou-se imediatamente e revidou. E revidou com tamanha violência que Robin não conseguiu defender-se. Apanhado em cheio, foi lançado por terra.

— Suspende! Suspende! — gritou o bandoleiro com o último fôlego que lhe restava. — Suspende, que te darei livre curso nesta mata.

— Para isso — respondeu Artur —, conto com a minha marreta, não com o teu beneplácito.

— Bobagem — murmurou Robin. — Mas dize-me teu nome e quem és. Gosto dos fregueses que dão golpes assim.

— Sou curtidor de profissão — respondeu Artur. — Trabalho em Nottingham. Curto couros de veados e de gente — e se queres tirar a prova, levanta-te e vem.

— Nada, nada — exclamou Robin. — Tenho minha pele já bastante curtida por hoje. Mas há outras peles na floresta em que podes aplicar tua perícia curtidora. Fica conosco, amigo. Meu nome é Robin Hood. Cá em nossos domínios terás quantos veados quiseres e ainda mais coisas.

— Por Deus que está aí uma proposta que me encanta! — berrou o curtidor, estendendo a mão para o chefe dos bandoleiros. — O diabo é que me esqueci da missão que me confiaram. Vim à Floresta de Sherwood comissionado pelo xerife para prender-te, amigo.

— O mesmo aconteceu a certo funileiro que hoje nos está prestando bons serviços — observou Robin a rir-se. — O meu caro xerife sabe escolher os homens que nos convêm.

— Não há dúvida que é um engenhoso meio de fortalecer o bando — disse o curtidor com uma gargalhada. — Mas, dize-me, Robin Hood, por onde anda João Pequeno? Tenho muita vontade de vê-lo. É meu parente pelo lado materno.

— Aqui estou eu, meu caro Artur-a-Bland! — gritou João Pequeno, surgindo da moita que o ocultava; vinha com os olhos molhados, de tanto que se rira.

O encontro dos dois parentes divertiu Robin. Agarraram-se, ergueram-se no ar, socaram-se amistosamente, alegríssimos de se reverem.

— Sim senhor, meu caro Artur! O espetáculo que me proporcionaste valeu ouro. Nunca vi golpe melhor que o que achatou nosso chefe.

— Então te regalas de ver-me achatado, patife? — gritou Robin encolerizado.

— Espera, chefe! Devo recordar que é a segunda vez que dentro da moita assisto a lutas dessas em que a coisa se vira contra o feiticeiro — e está claro que tenho de regalar-me. Mas não há desonra nenhuma nisto, já que o Artur é há anos o invencível campeão do condado. Habitualmente luta contra dois e três, porque dum adversário só costuma rir-se.

— Salvo se se trata de Eric de Lincoln — observou Artur

modestamente —, e eu sei o que tu, meu João, lhe fizeste a ele num dia de festa.

— Basta — murmurou Robin levantando-se. — Custou-me algo, mas estou certo de haver bem trabalhado hoje pelo bando. Conquistar um Artur-a-Bland vale uma dúzia de galos na cabeça. Vamos apanhar o veado que tanto te interessou no começo.

— Pois vamos! Do bando verde já sou, para a vida e para a morte. Uhg! Já andava eu farto e refarto de couros fedorentos e cascas de árvores taníferas. Agora, sim, estou como quero. Entre homens livres, ao ar livre. Livre!...

CAPÍTULO

XVI

Louis Rhead . 1912

COMO ROBIN ENCONTROU SIR RICHARD DE LEA

Alguns meses se passaram. O inverno veio regelar a Floresta de Sherwood, forçando os bandoleiros a longos dias de estagnação ao pé do fogo, na caverna. Frei Tuck construíra para si uma pequena ermida, onde se aninhara com seus cães ensinados.

Mas, depois do inverno vem a primavera — e veio a primavera. E, depois da primavera vem o verão, e veio o verão, sem que o rei, nem o xerife, nem o bispo dessem passo na captura dos bandoleiros, cada vez mais prósperos e contentes.

Crescia o bando com a incorporação de novos elementos de primeira ordem, como Artur-a-Bland e Davi de Doncaster — o mais alegre mascate das redondezas. Já eram cento e quarenta homens, divididos em sete companhias, cada qual com o seu valente comandante, todas subordinadas a Robin Hood. E continuavam a aliviar a bolsa dos ricos opressores, e a ajudar os pobres, e a assar os veados do rei— e a arruinar os fígados do xerife.

Se o pobre homem não perdeu o posto foi unicamente graças à morte do rei. Morreu o rei Henrique, porque os reis também morrem, e subiu ao trono o famoso Ricardo Coração de Leão.

Aproveitando-se da mudança, Robin e seus companheiros, depois de muito debate, resolveram pedir mercê ao novo soberano; permaneceriam na floresta como guardas florestais. Will Scarlet e Will Stuteley foram mandados para Londres com João Pequeno, a fim de sondarem as possibilidades da mudança. A intermediária seria Marian, para a qual Robin enviou longa exposição.

Mas os mensageiros voltaram de nariz caído. O novo rei partira para a Terra Santa, e com o regente, príncipe João, era impossível negociar. Homem astuciosíssimo, sem escrúpulos, cruel e traiçoeiro. Começou lançando as unhas em quantas propriedades lhe falavam à cobiça, sem o menor respeito à lei. As primeiras vítimas foram o conde de Huntington, velho inimigo de Robin e do pai de Marian, já falecido.

A própria Marian encontrou-se em apuros. Além de

despojada de suas terras e privada da proteção da rainha, também se viu perseguida pelas atenções maldosas do príncipe. Imaginou ele que, desprotegida como estava, fácil seria recolhê-la num dos seus castelos, para regalo seu.

Isto, entretanto, não chegou aos ouvidos de Robin; apenas foi informado do confisco das terras do conde de Huntington. Não obstante, muito se alarmou com a insegurança de Marian, pois a donzela não lhe saía do coração.

Certa manhã de outono, quando as folhas já estavam todas amarelas, saiu Robin a errar sem destino pela floresta, absorvido em melancólicas cismas. Pensando em Marian, nem deu tento ao rebanho de veados que pastavam por ali.

Súbito, o fortíssimo pastor do rebanho, talvez irritado pelo colorido gritante da túnica de Robin, verde e ouro, investiu furiosamente. Mal teve tempo o bandoleiro de encostar-se a um tronco. O veado lançou-se-lhe de chifre em riste. Robin fugiu com o corpo fazendo que a árvore recebesse o que lhe era endereçado.

— Por São Jorge, dou-me por feliz, amigo, de que o tronco, não eu, haja recebido o teu cumprimento de cabeça! — exclamou Robin, ajustando uma flecha à corda. — Ai de quem, desarmado, te irrite o furor!

Enquanto isto dizia, notou que o veado voltava os olhos para certa direção, como pressentindo qualquer coisa. Sim! Rumor no mato! A folhagem se abriu para enquadrar a esbelta figura dum pajem. Marian! Outra vez Marian!

E Marian avançava sem nem por sombras pensar no perigo iminente daquele veadão tomado de furor. Robin não podia atirar. O veado se achava interposto justamente entre ele e a sua querida. E, não podendo usar do arco, de que lhe valeria a espada contra o furioso animal?

A situação tornou-se gravíssima. Com um ronco de ódio, o veadão lançou-se contra Marian, a qual fugiu com o corpo ao bote violentíssimo; mesmo assim, apanhada de raspão, caiu e o veado voltou-se para despedaçá-la com os chifres.

Já aquelas pontas cruéis vinham descendo sobre seu corpo frágil. Um momento mais e tudo estaria findo. Robin gritou:

— Abaixa-te, Marian! E a moça instintivamente obedeceu, no momento exato em que Robin despediu a seta apontada para o meio da cabeça da fera. No ímpeto em que vinha, o veado rolou sobre o corpo da moça já desfalecida.

Robin correu a arrastá-lo de cima dela, e, tomando nos ombros o lindo corpo inerte, levou-o ao regato próximo. Com borrifos de água gelada conseguiu fazê-la voltar a si — também a si voltou ele ao vê-la abrir os olhos. Sua primeira impressão fora de que Marian perdera a vida.

— Onde estou? Que houve? — foram as primeiras palavras da moça, ainda alheia a tudo.

— Estás em Sherwood, minha cara — e bem má recepção tiveste nos domínios de teu Robin!

A moça esfregou os olhos; sentou-se.

— Creio que fui salva dum grande perigo — murmurou ainda alheada.

Só então reconheceu Robin — e não há dizer o enlevo que se refletiu em seu rosto, nem o suspiro de alívio que deu ao descair a cabeça sobre o ombro do bem-amado.

— Robin! Robin! Tu, meu Robin!

— Sim, eu Marian! Graças aos céus pude salvar-te! E juro que doravante não mais te deixarei.

Houve um momento de silêncio. Marian sentia em si o paraíso, com o repousar da cabeça no peito largo de Robin. Súbito, este lembrou-se de algo e gritou:

— Que mau enfermeiro sou! Nem sequer indaguei se tens algum osso quebrado!

— Estou perfeita, Robin — respondeu Marian, erguendo-se e movendo-se para que ele o verificasse. — Apenas o desmaio. Já me sinto completamente boa. Podemos continuar nosso caminho.

— Que tanta pressa? Antes de mais nada tens de dar-me notícias de Londres e de ti mesma. Que há?

Marian contou o confisco das suas terras e das propostas de restituição, caso ela cedesse aos desejos do príncipe.

— Eis tudo, Robin — disse ao terminar — e para fugir a isso, disfarcei-me novamente em pajem e vim procurar-te na floresta.

Robin, de cenho carregado e olhar sinistro, levou a mão ao cabo da espada.

— Por esta lâmina, que a rainha Eleanor me deu — gritou impetuosamente —, juro que o príncipe João, com todos os seus exércitos, será impotente para fazer-te mal, minha Marian!

E foi assim que a gentil donzela passou a residir entre os bandoleiros verdes, querida e respeitada de todos, lado a lado da formosa esposa de Allan-a-Dale.

Aquele dia, entretanto, foi duplamente memorável, como vamos ver.

Enquanto Robin e Marian se entrechocavam com a fera, João Pequeno, Much e Will Scarlet percorriam a estrada de Barnesdale em busca de bolsas cheias que fizessem jus ao aliviamento.

Súbito, repontou ao longe um cavaleiro.

— Temos caça gorda — murmurou João. — Aquele que lá vem está com jeito de merecer nossa hospedagem.

O cavaleiro estava vestido à moda dos cavaleiros, mas de roupa extremamente surrada; tinha o aspecto mais abatido possível. Também o seu cavalo parecia um espectro de cavalo, tal a magreza e o lerdo do andar.

João Pequeno deteve o passante, pedindo-lhe que apeasse — pois as aparências nunca dizem do peso real dum viandante que percorre estradas perigosas. O bandoleiro numa curvatura gentil rogou ao desconhecido que desse aos verdes a honra de lhes aceitar a hospitalidade.

— Meu chefe — disse ele no tom jocoso de sempre — espera vossa excelência para o jantar — e já está de jejum há três horas, porque vossa excelência se demorou um bocadinho para aparecer.

— Amigo — respondeu o viandante —, muito atropelado estou de preocupações, e sem vontade nenhuma de regalar-me com jantares. Agradece a quem me manda a honra do convite. Quem é ele?

— Nosso chefe chama-se Robin Hood — respondeu João, já com a rédea do cavalo segura.

Vendo mais dois bandoleiros aproximarem-se, o fidalgo deu de ombros e respondeu com indiferença:

— Vejo que o convite é dos que não comportam recusa. Minha intenção era jantar hoje em Blyth ou Doncaster, mas esta alteração de programa não tem importância.

E, com a mesma indiferença com a qual havia marcado todas as suas ações daquele dia, o fidalgo deixou que lhe tomassem o cavalo pela rédea e o levassem ao acampamento do bando.

Marian ainda não tivera tempo de trocar seu vestuário de pajem quando o grupo repontou. Imediatamente reconheceu no prisioneiro sir Richard de Lea, ao qual muitas vezes tinha encontrado na corte. Com medo de ser reconhecida, quis esconder-se. Robin lembrou-lhe que se se conservasse vestida como estava passaria despercebida.

— Bem-vindo seja, sir Richard! — saudou Robin cortesmente. — Chegou no bom momento, pois estávamos nos preparando para ir à mesa.

— Deus o abençoe, senhor Robin, e a todos os presentes — respondeu o fidalgo. — Muito me agrada o convite que me faz.

Enquanto cuidavam do seu cavalo, sir Richard lavou o rosto e as mãos, sentando-se à mesa atulhada de pratos finos — veados, cisnes, faisões, várias aves menores, bolos e cerveja. Marian, atrás de Robin, enchia o copo deste e do fidalgo.

Depois de comer com vontade, o cavaleiro apresentou agradecimentos, declarando que de há muito tempo não jantava assim bem.

Disse, ainda, se acaso Robin ou algum dos seus companheiros chegasse até seus domínios, ele o obsequiaria com festim à altura daquele.

Não era esse, entretanto, o pagamento que Robin esperava. Depois de agradecer a amabilidade, fez-lhe ver que um homem do mato, como ele, não podia oferecer gratuitamente jantares de tal tipo.

— Dinheiro não tenho, senhor Robin — respondeu sir Richard. — Possuo tão pouco dos bens do mundo que me envergonharia se vos oferecesse tudo quanto me resta.

— Dinheiro, por pouco que seja, sempre canta bem em nossos bolsos — disse Robin sorrindo. — Conte lá, por obséquio, quanto traz consigo.

— Tudo quanto tenho, além da minha honra, são dez moedas de prata — disse o fidalgo com tristeza. — Aqui as tem, e deveras lamento que não sejam dez vezes mais.

Com essas palavras, a um gesto de Robin, passou a bolsa a João Pequeno.

— Está certo — disse João depois de contado o dinheiro. — O fidalgo não mentiu.

Robin fez um sinal a Marian, que lhe encheu de novo o copo e o do fidalgo.

— À sua saúde, cavaleiro! — saudou Robin ao beber. E depois: — Vejo que suas armas nada valem e sua roupa está no fio. Mas parece-me que o vi na corte em muito melhor situação. Conte-me o que há, ou o que houve. Será acaso um campônio feito cavaleiro à força? Ou não soube conduzir-se na vida, perdendo em demandas o que tinha? Não se acanhe. Diga tudo. Não trairemos os seus segredos.

O melancólico hóspede respondeu:

— Saxônio sou e cavaleiro de nascimento; é verdade que o senhor Robin me viu na corte, onde fui testemunha dos maravilhosos tiros que tanto irritaram o rei Henrique, que Deus haja. Meu nome é sir Richard de Lea; moro num castelo a menos duma légua das portas de Nottingham, o qual pertenceu a meu pai; e antes, a meu avô; e antes ainda, a meu bisavô. Dois anos atrás, trezentas ou quinhentas libras nada eram para mim; hoje, me vejo reduzido a essas dez moedas de prata, minha esposa e meu filho.

— E como perdeu suas riquezas, senhor? — quis saber Robin.

— Loucura e bondade — respondeu o cavaleiro.

— Fui com o rei Ricardo à Terra Santa, na última cruzada, donde voltei pouco faz. De volta, encontrei meu filho transfeito num rapagão excessivamente dado a esportes. Num dos seus exercícios, aconteceu-lhe matar na arena um cavaleiro. Para salvar o rapaz tive de vender minhas terras e hipotecar meu castelo; e, como ainda não bastasse, contraí dívidas a juros altos com o senhor de Hereford.

— Sei, um respeitabilíssimo bispo — observou Robin. — A quanto monta esse débito?

— Quatrocentas libras — respondeu o fidalgo — e o bispo jura que executará a hipoteca se eu não a resgatar imediatamente.

— Não possui amigos que o possam valer?

— Nenhum. Se o bom rei Ricardo aqui estivesse, a coisa mudaria grandemente.

— Sirva-se de mais vinho, senhor cavaleiro — disse Robin — e, voltando-se, cochichou qualquer coisa para Marian, a qual foi ter com Will Scarlet e João Pequeno. Sir Richard ergueu o copo.

— À sua saúde e prosperidade, valente Robin — disse ele bebendo. — Espero pagar melhor sua acolhida de outra vez que por aqui passe.

Will Scarlet e João Pequeno compreenderam o pensamento de Marian e foram consultar outros companheiros, que também assentiram de cabeça. Em seguida, João Pequeno e Will dirigiram-se a uma caverna próxima, donde voltaram com um saco de ouro. Foram contadas à vista do fidalgo atônito exatamente quatrocentas libras.

— Aceite este nosso empréstimo, senhor cavaleiro — disse Robin — e pague ao bispo. Nada de agradecimentos. Está apenas mudando de credor. Talvez não sejamos tão duros como o nosso cristianíssimo pastor de almas.

Lágrimas brilharam nos olhos do velho fidalgo. Nisto, Much apareceu com uma peça de fazenda.

— O fidalgo deve trajar-se mais de acordo com a sua posição — disse ele, consultando Robin.

— Forneça-se-lhe a fazenda necessária para um fato completo — ordenou este.

— E deem-lhe também um bom cavalo — sugeriu Marian. — Ninguém merece mais que sir Richard. Conheço-o muito bem.

Veio o cavalo, um lindo animal com esplêndidos arreios novos, e Robin indicou a Artur-a-Bland para acompanhá-lo como escudeiro até o castelo.

O velho fidalgo não tinha palavras para agradecer tanta generosidade. Tinha os olhos úmidos.

E, depois dum bom descanso e de ouvir várias canções de Allan-a-Dale, partiu durante a noite.

Ao despedir-se ergueu a espada nua, dizendo:

— Deus vos salve, camaradas, e vos guarde a todos! E dê-me um coração agradecido. Bom Robin Hood!

Quando vim pela estrada, meu coração chorava de angústia; agora está exultante, graças ao bem imenso que me fez. Adeus! Dentro dum ano voltarei para liquidar meu débito — juro-o por esta espada — a espada dum homem que nunca faltou à sua fé.

Disse e beijou a cruz da espada.

— Esperá-lo-emos ao fim de um ano — disse Robin — e então nos pagará o empréstimo, se a prosperidade voltar a bafejá-lo.

— Voltarei sim, ao cabo de um ano, pela minha honra o juro. E de hoje em diante contai com um amigo verdadeiro.

Meteu a espada na bainha e, esporeando o corcel, arrancou no galope.

— Alto, senhor! Detenha-se por um momento! — gritou a voz grossa de Frei Tuck — e lá foi a correr o frade cozinheiro, com o avental ao vento; levava a sir Richard o seu precioso elmo de aço — um elmo que era a inveja de todos do bando, não só pela finíssima qualidade do aço como pela riqueza dos embutidos a ouro.

O velho cruzado aceitou a oferta e, colocando na cabeça o elmo de Frei Tuck, retomou a galope, breve desaparecendo ao longe.

Sir Richard O' the Lea

CAPÍTULO XVII

Louis Rhead . 1912

COMO O BISPO
FOI OBSEQUIADO

Alguns dias depois do jantar oferecido a sir Richard de Lea, correu pela Floresta de Sherwood uma notícia sensacional, trazida por Artur-a--Bland: o bispo de Hereford ia passar por lá. Os olhos de Robin Hood chisparam.

— Por Nossa Senhora! — exclamou. — Há muito que desejo obsequiar o nosso excelentíssimo bispo e parece que a ocasião se aproxima. Eia, rapazes! Preciso de caça, dum veado bem gordo. O bispo de Hereford terá de ser servido regiamente.

— Queres um jantar como o de praxe? — indagou Much, o cozinheiro.

— Não. Necessitamos de coisa especial. Antes de tudo, porém, havemos que assegurar-nos da sua sagrada presença aqui. Montaremos guarda em diversos pontos, pois é indispensável que não nos escape.

Robin deu ordens; os verdes foram divididos em vários grupos, cada qual com um ponto de tocaia — e a rirem-se no antegozo do que ia suceder, dispersaram-se, sob o comando dos chefes Will Stuteley e João Pequeno. Todas as estradas foram guardadas. Robin em pessoa, com seis homens, incluindo Will Scarlet e Much, tomou a si a espera no ponto de passagem mais provável. Este grupo assumiu um curioso aspecto, pois todos se disfarçaram em pastores, de surradas túnicas e chapéus de abas largas. Robin envergou um velho capote de lã com capuz suficientemente amplo para lhe ocultar boa parte do rosto; e ao que aparecia desfigurou de maneira irreconhecível. Os demais se arrumaram do melhor modo, tornando-se absolutamente irreconhecíveis.

Entrementes, puseram-se a assar um veado, de modo ostensivo.

A cavalgada do bispo repontou ao longe. Vinha ele à frente duma comitiva de dez homens de armas. Ao chegar, vendo aqueles humildes pastores, entreparou.

— Quem sois vós, rapazes, que aqui andais em tal intimidade com os cervos do rei? — inquiriu.

— Somos simples pastores — respondeu Robin com humildade.

— Sim, vejo que são pastores — disse o bispo. — Mas quem vos autorizou a comerdes veado em vez de carneiro?

— Hoje é um dos nossos dias de festa, senhor, e para o comemorarmos resolvemos abater um veadinho, aqui onde os rebanhos são tão numerosos.

— Pela minha mitra, o rei tem de saber disto! Qual de vós abateu o veado?

— Antes de responder, senhor, conviria sabermos com quem estamos falando — alegou Robin.

— Estás falando com o excelentíssimo senhor bispo de Hereford! — respondeu com arrogância um dos homens da comitiva. — Trata, pois, de comedir essa língua.

— Se é um homem da igreja — objetou Will Scarlet —, devia cuidar do seu rebanho de fiéis, e não dos rebanhos de veados.

— Sois bastante impertinentes, na verdade — gritou o bispo — e farei com que vossas cabeças paguem pela falta de boas maneiras. Vinde! Largai esse veado e acompanhai-me à presença do xerife de Nottingham.

— Perdão, senhor bispo! — interveio Robin caindo de joelhos. — Não fica bem a vossa excelência, homem de Deus, cortar o fio de tantas vidas.

— Miseráveis! — trovejou o sacerdote. — Dar-vos-ei o perdão sim — mas só depois que os vir a todos pendurados. E voltando-se para seus homens de armas: "Agarrai-os!".

Mas Robin já saltara para trás, com as costas defendidas por um tronco de árvore; e de seu surrado capote surgiu a famosa buzina, que levou à boca, atroando os ares com as três notas.

Só então o bispo compreendeu que caíra numa emboscada, e na sua covardia tratou de escapar pela fuga. Infelizmente o tumulto que se estabelecera em sua própria comitiva o atrapalhou, dando tempo a que surgissem bandoleiros de todos os lados. Os homens de João Pequeno emergiram dum ponto; os de Will Stuteley, de outro. Em menos tempo do que é contado, o bispo se viu bem seguro — e passou a implorar a misericórdia das mesmas criaturas, que pouco antes ameaçara de forca.

— Perdão! Perdão!

— Sossegue, senhor bispo — acalmou Robin —, pois nosso intento é tratá-lo melhor do que no caso inverso vossa excelência nos trataria. Acompanhe-nos. Vamos obsequiá-lo com um jantar — só isso.

E o orgulhoso prelado teve de obedecer; e lá se foi, a conduzir o veado assado em sua própria garupa e com seus guardas metidos dentro do bando verde. Lá se foi, tangido, para a clareira do acampamento.

Chegados, o bispo apeou e sentou-se à mesa no lugar que Robin cortesmente lhe designou. O cheiro que evolava da cozinha fez-lhe vir água à boca; viajadas matinais aguçam o apetite. Robin sentou-se-lhe ao lado. Logo que viu a mesa posta, disse devotamente:

— Com perdão de vossa excelência, senhor bispo, estamos acostumados a uma rezazinha antes das refeições. E como o nosso capelão está ausente, muito gratos ficaríamos se o senhor bispo houvesse por bem substituí-lo.

O bispo avermelhou de cólera, mas recitou a ação de graças em latim. Em seguida preparou-se para a desforra — nos assados. Vinho e cerveja foram servidos com abundância.

Estabeleceu-se a cordialidade de ambiente dos bons jantares. O próprio bispo não fugia de sorrir de quando em quando a um dos bons casos narrados. Quem, na verdade, poderia resistir ao cheiro daqueles acepipes e à sã alegria geral? Stuteley encarregou-se de não deixar o copo do prelado conservar-se vazio por um só instante, de modo que sua excelência foi rapidamente se modificando para melhor. Mas a tarde caía; as trevas invasoras fizeram-no pensar em sua situação.

— Bem, bem, senhor Robin — disse ele com gravidade —, acho que chegou o momento de saldarmos nossas contas. Fui servido, não há dúvida, de um excelente jantar. Diga-me quanto me custa e dê-me licença de seguir minha viagem. A noite já se aproxima.

O bispo, que tivera ciência de jantar semelhante oferecido ao xerife, não se iludia sobre o preço a pagar.

— Na verdade, excelência — disse Robin —, minha honra foi tanta e tanto prazer me deu tão alta companhia que não sei o que deva pedir em paga deste jantar.

— Passe-me a sua bolsa, senhor bispo — interveio João Pequeno. — Pelo que nela houver calcularei um precinho razoável.

O bispo estremeceu. Havia recebido naquela manhã as quatrocentas libras de sir Richard e as tinha todas consigo.

— Só trago aqui de meu — mentiu ele — umas tantas moedas de prata; o que há na bolsa em ouro pertence à santa igreja. Creio que não sois depredadores da nossa santa igreja.

Mas João Pequeno já havia despejado no chão a bolsa episcopal, revelando a presença das quatrocentas libras de ouro. Examinou-as e disse com ar surpreso: "Oh, são as mesmas que há dias Robin deu de empréstimo a sir Richard de Lea!".

— Hum! — exclamou Robin, com uma ideia na cabeça. — A santa madre igreja prega a boa caridade e manda que a façamos. Ora, vendo esta linda soma de ouro, acode-me a lembrança dum meu amigo que deve a um alto sacerdote exatamente quatrocentas libras. Não cobrarei nada pelo jantar, senhor bispo, apenas receberei de vossas mãos este dinheiro da Igreja para socorro do meu amigo em apuros. Creio que caridade tão alta a santa igreja só pode louvar.

— Não! Não! — gritou o bispo empalidecendo. — Isso não pode ser. A carne com que aqui fui festejado pertence ao rei — não vos custou nada. Seria a maior das monstruosidades que por ela me levásseis tanto ouro da Igreja. Da Igreja, sim, porque pessoalmente sou um homem pobre.

— Pobre! — repetiu Robin em tom de escárnio. — Vossa excelência é o bispo de Hereford, conhecido em toda parte pelo impiedoso despotismo. Quem não sabe da maldade do senhor bispo para com os pequeninos e os ignorantes? Quem não sabe que usa do ofício para oprimi-los, em vez de ajudá-los? Acusa-nos de roubar quatrocentas libras — e de quantos roubos maiores não o acusa o povo, embora feitos por outros processos? Meu pobre pai foi uma das vítimas de vossa excelência. E quantas outras há por aí? Ora, em vista do exposto e do muito que o senhor bispo há roubado, tomarei este ouro para o empregar melhor do que o empregaria o senhor bispo de Hereford! Deus seja testemunha disto! E, para encerrar a festa, esperamos que vossa excelência nos divirta com umas danças, mostrando que esse corpo todo banhas possui mais graças que o cérebro todo manhas.

— Absurdo! — gritou o bispo. — Jamais darei semelhante espetáculo.

— Talvez o faça com a nossa ajuda, senhor bispo — disse João Pequeno levantando-se; e, com o auxílio de Artur-a-Bland, agarrou o nédio prelado e pôs-se a dançar com ele, ao som da alegre música tocada pelo menestrel. De baixa estatura que era o bispo, nos braços daquele gigante realizava o infinito do grotesco — o que fez a assistência rolar, positivamente rolar de tanto rir. Bêbedo que já estava o sacerdote, caiu por fim, estatelado — tombo que levou o gargalhar ao apogeu.

João Pequeno tomou-o, como se fosse uma trouxa de roupa suja, e jogou-o para cima do cavalo, com a cabeça para trás. E assim o conduziu até a estrada real de Nottingham, onde o largou ao seu destino.

CAPÍTULO XVIII

Louis Rhead . 1912

COMO O BISPO SE METEU NA CAPTURA DOS BANDOLEIROS

A fácil vitória de Robin sobre o poderoso bispo de Hereford tornou os bandoleiros menos cuidadosos. Robin imaginou que um covarde daqueles não mais se meteria a persegui-los, com medo de outra. Errou. Algum tempo depois, teve ocasião, naquela mesma estrada, de novamente cruzar-se com o rotundo sacerdote.

Tão a fundo se ressentira o bispo de Hereford da peça que os bandoleiros lhe haviam pregado que, no mesmo dia da esfrega, conferenciou com o xerife e elevou grandemente o montante do prêmio oferecido a quem apanhasse Robin Hood. E quem saiu à frente da escolta de captura foi afinal ele mesmo. Ao dar de chofre com seu inimigo na estrada, o prelado exultou e carregou contra Robin.

A surpresa do encontro não permitiu ao bandoleiro retirar-se pelo caminho por onde viera; rápido qual o relâmpago, porém, saltou para a margem da estrada e sumiu-se no mato, desnorteando completamente seus perseguidores.

— Fique de guarda aqui metade dos meus homens e os restantes que afundem na floresta na perseguição desse miserável — berrou o sacerdote.

Pouco além do ponto onde Robin estava sendo caçado, erguia-se uma choupana humilde. Era onde morava a mãe dos bandoleiros Stout Will, Lester e John. Robin lembrou-se disso e para lá correu, como para o melhor refúgio.

Ao vê-lo surgir, a viúva, que fiava numa roca, deu um grito.

— Silêncio, mãezinha! Sou eu, Robin. Onde estão teus filhos?

— Contigo, Robin! Já esqueceste que a ti devo a salvação dos três?

— Se me deves isso, mãezinha, é chegado o momento de liquidarmos a conta — murmurou Robin ofegante. — O bispo de Hereford aí vem à minha cola com muita gente.

— Eu enganarei o bispo e toda a sua gente — respondeu

a velhinha. — Troquemos nossas roupas, Robin — e quero ver se sua excelência reconhece em mim uma velha.

— Ótimo! — exclamou Robin. — Fico nas tuas roupas e a fiar na roca aqui fora; a mãezinha veste meu manto verde, toma minhas armas e conserva-se dentro de casa.

Rapidamente operou-se a transmutação — e nunca se viu obra mais perfeita.

Súbito, repontou o bispo a galope, com a escolta atrás. Vendo a choupana, para lá se dirigiu. Ao dar com a velha na roca, atrapalhada com fios de lã, mandou que um dos seus a interrogasse. O soldado pôs-lhe a mão no ombro.

— Cuida da tua vida ou te amaldiçoarei — rosnou a velha em voz cava.

— Paz, paz, boa mulher! — murmurou o soldado, que tinha muito medo de maldições. — Não pretendo molestá-la. Apenas aqui o senhor bispo de Ilereford quer saber se não passou por cá o bandoleiro Robin Hood.

— Como poderei impedi-lo de estar aqui ou de passar por aqui? — respondeu a velha. — Qual a lei do rei que impede Robin de vir ver-me e trazer-me alimentos e roupas, coisas que o senhor bispo jamais fez?

— Paz, paz, mulher! — rosnou o bispo. — Não queremos saber das suas opiniões, mas eu a levarei a Barnesdale e a queimarei como feiticeira se não me disser onde e quando viu Robin pela última vez.

— Perdão, senhor! — balbuciou a velha caindo de joelhos.

— Robin está aqui, sim, mas vossa excelência jamais o tomará vivo.

— É o que veremos! — respondeu o bispo triunfante. — Entrai na casa e dai busca — ordenou aos seus homens. — Incendiai-a, se for preciso. Uma bolsa de ouro ao que capturar o infame bandoleiro.

Largada que foi, começou a velha a afastar-se dali, e mais se afastava mais remoçava, pois apressava o passo. Ao chegar à fímbria da floresta, disparou com pernas de vinte anos.

— Por Deus! — exclamou João Pequeno ao avistá-la. — Quem vem lá? Nunca vi velha feiticeira correr tanto. Bem que merece uma seta na cabeça — e levantou o arco.

— Suspende com isso! — gritou a velha. — Robin Hood sou. Reúne nossa gente e traze-a cá sem demora. Estamos de novo às voltas com o bispo de Hereford.

Depois que João Pequeno conseguiu dominar a gargalhada, deu o toque de buzina. E disse, gargalhando de novo: "Pronto, senhora Robin. Lá vêm eles".

Na casinha da velha, o bispo se enfurecia mais e mais. A despeito da ameaça, não tinha ânimo de pôr fogo à casa; e seus homens, por mais esforços que fizessem, não conseguiam arrombar a porta.

— A machado! — gritou o bispo. Derrubem-na a machado! O traidor Robin está dentro.

Por fim a porta cedeu; mas os homens não ousavam entrar, receosos da recepção do bandoleiro.

— Lá está ele! — gritou um que espiava. — Está num canto da saleta. Podemos picá-lo com as nossas achas?

— Não! — gritou o bispo. — Quero-o vivinho para a maior festa de forca que haverá em Nottingham.

Mas a alegria do bispo com a certeza da captura de Robin foi de breve duração. A velha da roca vinha voltando, furiosíssima com os estragos feitos em sua casa.

— Suspendei com isso, miseráveis! — gritava.

Uma caldeira de óleo fervente vos espera, de estardes assim demolindo a casinha duma pobre viúva.

— Guarda essa língua, mulher! — gritou o bispo. — Estes homens apenas executam ordens minhas.

— Sei disso — respondeu a mulher furiosa — e num lindo mundo estamos, se nem nossas casas merecem o menor respeito. Não poderá tal exército de esbirros prender um simples homem da floresta sem tamanho barulho? Fora daí, bandido! Fora, ou rogarei sobre todos, e sobre os filhos e mulheres e parentes de todos, as piores pragas do inferno.

— Agarrai essa bruxa! — gritou o bispo. — A fogueira a espera. Levá-la-emos para Nottingham em companhia de Robin Hood.

— Viva o bispo de Hereford! — berrou a velha batendo palmas — e ao som daquelas palmas irromperam diabos verdes de todos os pontos convizinhos, com a corda dos arcos esticada. Compreendendo que caíra de novo numa trampa, o bispo quedou-se imóvel. Dessa vez teria de lutar pela vida.

— Se algum de vós der um passo — gritou ele —, o vosso chefe Robin, ali dentro, receberá morte imediata. Meus homens o têm com as achas sobre sua cabeça — e a um sinal meu as descerão.

— Ah, ah! Muito queria eu ver que Robin está lá dentro com as achas dos esbirros suspensas sobre sua cabeça! — gritou de dentro da velha feiticeira uma voz de homem — e Robin descobriu-se. — Aqui estou, meu bispo, longe dos seus homens e sem nenhuma acha a me ameaçar a cabeça. Permita-me, pois, que eu veja qual o Robin de lá dentro.

A mãe dos três bandoleiros, que nos trajos de Robin lá ficara no canto bem quietinha, ergueu-se ao ouvir tais palavras, e naquele absurdo disfarce apresentou-se e curvou-se diante do bispo de Hereford.

— Deus o proteja, senhor bispo! — murmurou ela na sua voz trêmula. — Que deseja vossa excelência nesta humilde choupana? Viria dar-me a bênção e alguma esmola?

— Sim, é exatamente o que ele veio fazer — gritou Robin. — E certo que trará em seus bolsos com que indenizar os estragos feitos nessa porta.

— Por Deus e todos os santos! — começou o bispo, mas teve de interromper-se, Robin tomara a palavra.

— Cuidado, bispo! Deus e todos os santos estão a ver-nos. Venha de lá essa bolsa de moedas de ouro oferecida a quem me apanhasse.

— Forca, e não bolsa terás, bandido! — urrou o sacerdote,

como se estivesse dono da situação. E para a escolta: "Agarrai-o!".

— Toma! — respondeu Robin, despedindo uma seta que levou para longe o chapéu e o chinó do bispo, pondo-lhe à mostra a sua reluzente careca.

O sacerdote levou as mãos à cabeça, como se a sentisse fugir do pescoço. Apalpava-se, a ver se vivia ainda.

— Socorro! Socorro! Perdão! Poupe-me, senhor Robin! Aqui está a bolsa que exige.

E, depois de entregar o dinheiro, disparou a galope, em fuga desapoderada.

Vendo o chefe supremo fugir, a escolta se retirou, desapontadíssima, com os arcos armados, mas sem atirar. Não haveria sangue naquela tarde. E assim, sem sangue, terminou a grande ofensiva organizada pelo bispo de Hereford contra Robin Hood e seus verdes.

CAPÍTULO XIX

Louis Rhead . 1912

COMO O XERIFE OS ATACOU NOVAMENTE

Tão assustado ficou o xerife com o poder cada vez maior de Robin Hood que fez uma loucura. Foi a Londres expor ao rei a situação e pedir mais reforços. O rei Ricardo ainda não regressara da Terra Santa, e o príncipe João recebeu o xerife com má cara.

— Bah! — exclamou sacudindo os ombros. — Que tenho eu com isso? Sou por acaso o xerife de Nottingham? A lei que siga seu curso. Ide e arranjai alguma traça que vingue contra os rebeldes — e nunca mais apareçais na corte antes de resolvida a pendenga.

O pobre xerife retornou mais desalentado

do que viera e a esmoer furiosamente os miolos na tentativa de arrancar um bom plano de ação.

Sua filha veio-lhe ao encontro; soube logo que a missão a Londres falhara. E, ao conhecer as palavras do príncipe João, pôs-se também a remoer novos planos.

— Achei! — exclamou por fim. — Por que não organizamos outro torneio de tiro? A feira deste ano está próxima. Proclamaremos anistia geral, como fez o rei Henrique, e espalharemos que a prova fica aberta a quem quer que seja. Juro que Robin e os seus não resistem à tentação, e...

— E veremos quem diz a última palavra, sim! — concluiu o xerife, radiante com a ideia da filha.

Sem tardança foi anunciado o novo grande torneio a realizar-se naquele outono. Estaria aberto a todos, sem exceção, diziam os arautos, e ninguém seria molestado no entrar ou sair da cidade. Uma flecha de ouro e um arco de prata seriam o prêmio de quem obtivesse o primeiro lugar.

Breve chegou a novidade à Floresta de Sherwood, pondo fogo na imaginação dos audaciosos bandoleiros.

— Vamos, rapazes! — disse Robin. — Preparemo-nos da melhor maneira para nova vitória na feira de Nottingham.

Davi de Doncaster interveio.

— Chefe, aceita meu conselho e não te afastes da floresta. Tenho informação de que esse torneio não passa de armadilha. O xerife planejou-o para nos fazer cair em suas unhas.

— Essas palavras soam-me a covardia — advertiu Robin

— e de nenhum modo me agradam. Haja o que houver, temos de mostrar nossa perícia no torneio a realizar-se.

João Pequeno tomou a palavra, propondo um tipo de disfarce que os tornaria irreconhecíveis. Seu alvitre recebeu aplausos gerais e sem demora começaram os preparativos. Marian e a senhora Dale, ajudadas por Frei Tuck, tomaram a si o preparo das várias vestes lembradas por João Pequeno, e dias antes da feira realizou-se um ensaio geral. Quem visse os bandoleiros verdes naquela variedade de trajos campesinos nem por sombra suspeitaria que fossem os mesmos.

No dia da prova lá se foram todos, com grande firmeza de coração, dispostos a levar de vencida quantos contendores lhes aparecessem pela frente. Em caminho encontraram-se com inúmeros atiradores também de rumo para Nottingham, e de mistura com eles invadiram a cidade.

No atropelo alegre da entrada iludiram completamente os homens que o xerife pusera às portas para a necessária investigação. Não lhes foi possível distinguir quem era e quem não era gente de Robin. A impressão geral foi de que nenhum se atrevera a vir.

O arauto, como de costume, proclamou os termos da disputa, e logo depois a primeira prova teve começo. Robin havia escolhido cinco dos seus homens para atirarem com ele; os restantes deviam espalhar-se pela multidão. Os eleitos foram João Pequeno, Will Scarlet, Stuteley, Much e Allan-a-Dale.

Os arqueiros do rei, vindos de Londres para tomar parte na festa, fizeram ótima figura, sobretudo Gilbert de

White Hand, que nunca atirou tão bem. A eliminação se foi operando, de modo que no fim só ficaram dois homens em campo: Robin e Gilbert; a flecha de ouro iria caber a um ou a outro. Mas o xerife mostrava-se aborrecidíssimo com o fato de os jogos estarem já no fim sem que houvesse aparecido um só bandoleiro.

— Pena Robin não ter vindo — disse alguém. — Iria ser derrotado por qualquer destes maravilhosos campeões.

— Assim penso — concordou o xerife. — Mas, embora audacioso, desta vez Robin não teve coragem de aparecer.

Estas palavras foram repetidas ao ouvido de Robin por Davi de Doncaster. O chefe dos bandoleiros mordeu os lábios.

Realizou-se afinal a última prova, na qual Gilbert foi batido facilmente. Até ali Robin não havia trocado uma só palavra com os seus companheiros; todos se tratavam como desconhecidos; mas a prova final que viria dar a flecha de ouro ao chefe bandoleiro mudou tudo.

Aquela vitória fez o xerife desconfiar. Soube, entretanto, conter-se até o momento de entregar o prêmio. Retardou esta cerimônia o mais que pôde, para dar tempo a que se juntasse em redor dele o maior número possível de soldados; e quando chegou a hora e fez a entrega do prêmio, gritou de improviso, ao mesmo tempo que se atracava com o bandoleiro: "A mim, meus homens! O que procuramos é este!".

Mal o xerife lançou as mãos sobre Robin, uma tremenda bofetada o arremessou por terra violentamente. Voltando-se para ver quem o atacara, reconheceu João Pequeno.

— Greenleaf! Bandido! Desta vez vais pagar-me! — urrou ele erguendo-se — mas teve de beijar de novo o chão, arremessado por outra bofetada.

— Esta é do vosso devotado ex-cozinheiro! — dissera uma voz, na qual o xerife imediatamente reconheceu a de Much — e a seguir veio a bofetada, ainda mais forte que a de Greenleaf.

O conflito já se havia generalizado, mas os soldados do xerife tinham a desvantagem de não saber, naquela multidão, quem era e quem não era bandoleiro, ao passo que os bandoleiros viam bem claro os seus inimigos. Houve pancadaria da mais grossa, no tumulto recrescente.

Por fim soou a buzina de Robin, dando o sinal de retirada. Os dois guardas da porta mais próxima tentaram fechá-la; foram abatidos incontinenti — e por ela passaram os bandoleiros em retirada, perseguidos pela soldadesca, sim, mas a manterem-na à boa distância por meio de bem apontadas setas.

A luta, entretanto, foi duríssima, porque os homens do xerife, estimulados pela recente derrota da expedição do bispo de Hereford e sabendo que tinham sobre si os olhos do país inteiro, não desistiram da perseguição. E se eram alcançados pelas flechas dos verdes, também os alcançavam. Nada menos de cinco soldados pereceram e uns doze tombaram feridos. Na gente de Robin igualmente houve estragos.

Súbito, João Pequeno, que lutava ao lado do chefe, caiu com um leve gemido. Uma seta o apanhara no joelho. Robin agarrou-o às costas e prosseguiu na fuga, detendo-se a espaços para largá-lo em terra e atirar, realizando assim, talvez, a maior façanha da sua vida.

Mas João ia mais e mais esmorecendo e cerrando os olhos; numa das paradas recusou-se a prosseguir, pedindo a Robin que o deixasse morrer.

— Robin — disse flebilmente —, não te hei servido com lealdade desde o dia em que nos encontramos na ponte?

— Companheiro mais dedicado jamais tive — respondeu Robin.

— Pois, então, em nome de nossa amizade, e em paga do serviço que te prestei, arranca da espada e corta-me a cabeça. Não quero cair vivo nas unhas do xerife de Nottingham.

— Nem por todo o ouro da Inglaterra farei qualquer das duas coisas: cortar-te a cabeça ou deixar que caias nas unhas do xerife.

Artur-a-Bland veio correndo em socorro do seu parente. Tomou-o nos ombros largos e breve o teve em abrigo na floresta.

Os perseguidores não ousaram chegar até lá. Recuaram. Robin mandou improvisar macas ligeiras para João Pequeno e os demais feridos. Foram assim levados à ermida de Frei Tuck, onde receberam os necessários curativos. O de João Pequeno foi considerado o mais sério; mesmo assim, Frei Tuck admitiu ser coisa de dias apenas. Essa opinião ajudou a cura mais que todos os remédios.

Em seguida, foi feita a chamada dos componentes do bando, para verificar se faltava alguém. Faltava Will Stuteley, e também não havia notícias de Marian. Robin sentiu um aperto no coração. Sabia que Marian fora à feira, mas não podia imaginar o que lhe pudesse haver acontecido. Quanto a Will, se fora apanhado, o certo era não escapar da forca — e talvez o pendurassem naquele dia mesmo.

Os demais bandoleiros compartilharam a inquietação do chefe, embora não pronunciassem palavra. Sabiam que se Will estivesse nas unhas do xerife, a batalha teria de recomeçar sem demora, para salvamento do subchefe, fosse lá por que preço. Mas ninguém falava.

No dia seguinte, ao jantar, o xerife gabava-se de que a captura de Stuteley iria permitir-lhe dar um golpe muito sério nos bandoleiros.

— Iremos enforcá-lo numa forca bem alta sem que os verdes ousem piar. A gente de Robin está amedrontada com a nossa perseguição; veremos daqui por diante quem é que domina neste condado. Só uma coisa lamento: que a flecha de ouro haja caído nas mãos dele — pela segunda vez!

Ao acabar de dizer isso, urna mensagem entrou pela janela, caindo sobre seu prato. Vinha atada a uma flecha de ouro.

"Da parte de quem não aceita prêmios das mãos dum homem sem palavra e que doravante terá guerra de morte. Defende-te, xerife! R. H." — era o que dizia a mensagem.

CAPÍTULO XX

Louis Rhead . 1912

COMO STUTELEY FOI SALVO

O dia marcado para o enforcamento de Will Stuteley rompeu ensolarado. A natureza parecia feliz, apesar da tragédia programada para aquela manhã. As portas de Nottingham não foram abertas, porque o xerife tomara todas as precauções para que coisa alguma pudesse interromper o trabalho da forca. Ninguém teria licença de entrar na cidade até o meio-dia, hora em que a alma de Stuteley deveria partir para a eternidade.

Muito cedo naquele dia, encontrando as portas fechadas, Robin dispôs seus homens num ponto da floresta que dominava a estrada na direção da porta leste. Vestira-se ele de escarlate, enquanto sua gente entrajava do verde habitual. Estavam armados de largas espadas e bem abastecidos de flechas bem apuadas pelo hábil funileiro Middle. Sobre as vestes do pano verde de Lincoln, traziam longas capas, que lhes davam de longe o aspecto de frades.

— Ficai aqui alerta, camaradas — disse Robin —, enquanto envio alguém em reconhecimento. Porque, na verdade, investir contra portas fechadas me parece obra de loucos.

— Um peregrino vem-se aproximando — veio dizer um dos filhos da viúva. — Talvez possa informar-nos do que há intra-muros, e se Stuteley realmente corre perigo. Interpelar esse passante parece-me conveniente.

— Pois faze isso — ordenou Robin.

Stout Will partiu. Ao aproximar-se do peregrino, que tinha aparência de criatura muito jovem, Stout tirou o chapéu e saudou-o cortesmente, dizendo:

— Perdão, meu peregrino, uma palavra. Vem de Nottingham? Poderá informar-me do que há a respeito da execução do bandoleiro capturado?

— Sim — murmurou em tom triste o peregrino.

— Teremos hoje um dia bem doloroso. Passei pelo pé da forca, já erguida. Levantaram-na junto ao castelo do xerife. Um tal Will Stuteley será enforcado ao meio-dia. Como não posso suportar semelhantes tragédias, deixei a cidade.

O peregrino falava com voz abafada; e como seu capuz estivesse muito caído sobre o rosto, Stout não pôde discernir-lhe as feições. Aos ombros trazia comprida capa, com uma pequena cruz bordada; nos pés, sandálias como as dos monges. Stout Will notou de relance que tinha os pés muito pequenos, mas não deu importância ao caso.

— Quem confessará e ouvirá as últimas palavras do condenado, se tu foges dele? — murmurou o bandoleiro em tom recriminatório.

A pergunta parece que fez brotar uma ideia na cabeça do santo homem, pois voltou-se tão depressa que quase deixou cair o capuz.

— Acha que eu deva fazer isso?

— Claro! — respondeu Stout. — Por São Pedro e pela Santa Virgem, se tu não fizeres quem o fará?

O bispo e toda a sua comitiva de batina lá estará, mas nenhum moverá uma palha por amor à alma dum bandoleiro.

— Mas eu não passo dum simples peregrino — murmurou o santo homem, hesitante.

— O que não impede que suas orações sejam melhores que as de um bispo — replicou Will.

— Pois vou fazer como queres! — decidiu-se o peregrino. — Só que não sei como reentrar na cidade; as portas estão trancadas desde cedo para os de fora, só dando passagem aos que querem sair.

— Vem comigo. Meu chefe te dará o meio de entrar na cidade.

O peregrino puxou o capuz para o rosto e foi à presença de Robin, ao qual repetiu tudo quanto sabia. Por fim disse:

— A porta deste lado está guardadíssima desde a tarde de ontem. Mas a do lado oposto creio que não resistirá a um ataque.

— Obrigado pelo aviso, meu santo homem — respondeu Robin. — Tua sugestão vale ouro. Vou levar minha gente para lá.

Os bandoleiros tiveram ordem de seguir para o lado oposto, e lá Artur-a-Bland, pedindo permissão para investigar, aproximou-se da muralha, junto à porta. O fosso ao pé da muralha estava seco, como sempre sucedia em tempo de paz, de modo que Artur facilmente chegou ao muramento num ponto em que umas heras lhe permitiram subir até uma abertura ajanelada. Por ela se introduziu e, como ficasse muito próxima da sentinela em guarda à porta do lado de dentro, sobre esse homem se lançou, como gato a rato, filando-o pela garganta. Amordaçou-o e manietou-o; em seguida tomou-lhe o uniforme e as chaves.

Momentos depois, a porta se abria e a ponte levadiça começava a descer. O bando inteiro pôde penetrar na cidade sem que vivalma o pressentisse. Tiveram ainda uma sorte: justo naquele momento as portas da prisão se abriram para dar passagem ao condenado a caminho da forca. A "festa" estava em início, com toda gente reunida nas ruas por onde tinha de passar a procissão.

Ao ver-se fora do cárcere, Will Stuteley correu os olhos

em redor. Seu rosto sombreou. Não viu sinal de gente sua, só inimigos. E, embora em muitos rostos lesse piedade, sabia muito bem que o medo às leis faria que ninguém ali se levantasse em sua defesa.

Will, de mãos atadas às costas, caminhava entre soldados. Atrás, vinham a cavalo o bispo e o xerife, radiantes de satisfação com aquela primeira vitória. "Hum!", lia-se no rosto do xerife, "chegou a vez de mostrarmos a esses bandidos que a lei é a lei". Mandara fechar todas as portas; estava sossegado por esse lado; o galgamento das muralhas era coisa a que os bandoleiros jamais se atreveriam. Tudo, pois, perfeitamente a seguro. Olhando ao longe e vendo o copioso número de arqueiros de guarda à forca, o xerife sorriu.

Convencido de que era loucura esperar qualquer socorro da sua gente, Stuteley, ao pôr o pé no primeiro degrau do cadafalso, entreparou e disse ao xerife:

— Senhor, já que vou morrer, concedei-me uma última graça. Lá na floresta jamais enforcamos ninguém nas árvores. Soltai-me, pois, e dai-me uma espada. Quero morrer batendo-me corpo a corpo.

Mas o xerife apenas se enfureceu com aquilo, jurando que lhe daria a pior das mortes, na forca, sim, como devem morrer todos os bandidos que ousam rebelar-se contra a lei.

— Não, não! Só terás forca, a mesma onde há de acabar teu chefe Robin Hood.

— Infame covarde! — gritou Stuteley. — Lacaio dos mais

vis! Se meu chefe um dia te pega, pagarás caríssimo a infâmia de hoje. Meu chefe te despreza e a toda a tua covarde comitiva, e a tada a tua soldadesca inútil. Vivam os bandoleiros verdes!

    Aquelas audaciosas palavras só serviram para irritar ainda mais o xerife, que berrou: "Forca com ele!", dando sinal ao carrasco para que apressasse a execução. Will foi colocado sobre a carreta que o levaria para debaixo da laçada de corda; ajustada esta ao seu pescoço, um tranco na carreta a faria afastar-se e deixar o condenado suspenso, a debater-se no ar.

    Nesse momento, porém, houve uma interrupção. Um jovem peregrino avançou dizendo:

— Excelência, deixe-me confessar esse pobre homem e preparar sua alma para o mergulho na eternidade.

— Não! — gritou o xerife. — Cães desse tipo não possuem alma.

— A danação deste homem poderá cair sobre a cabeça de vossa excelência — insistiu o santo homem com firmeza. — E aqui o excelentíssimo senhor bispo de Hereford não poderá consentir em semelhane desrespeito ao estabelecido pela nossa santa Igreja.

    O bispo hesitou. Do mesmo modo que o xerife, estava ansioso pelo fim do drama; mas viu que o povo entrava a murmurar. Voltou-se então para o xerife com o qual trocou meia dúzia de palavras. A autoridade cedeu.

— Bem, senhor peregrino — disse o xerife —, cumpra a sua missão — mas depressa. E para os soldados: "Atenção!

Não percam um movimento deste santo homem, que talvez esteja mancomunado com os bandoleiros".

O peregrino não deu importância a essas palavras. Começou a desfiar as contas do rosário e a falar em voz baixa ao condenado.

Nesse momento, um homem desconhecido abriu a multidão e avançou para o cadafalso, gritando para o prisioneiro:

— Will Stuteley, antes de morreres tens de te despedir dos teus companheiros!

Era a voz de Much! O xerife reconheceu-a imediatamente.

— Prendam-no! É outro do bando, um miserável cozinheiro que me roubou a baixela de prata! Teremos assim dois fregueses para a forca.

— A coisa não vai tão depressa, senhor xerife! — revidou Much. — Primeiro prenda seus inimigos; depois os enforque. Quero agora tomar emprestado por uns instantes este meu amigo — e isto dizendo cortou dum golpe a corda que atava os pulsos do prisioneiro, permitindo-lhe escapar dum salto de sobre a carreta.

— Traição! — berrava o xerife, recuando. — Agarrem-me esses bandidos! E metendo a espora nos ilhais do cavalo avançou de espada em punho contra Much. Mas o ágil ex-cozinheiro evitou o golpe, enfiando-se por entre as pernas do animal e saindo pelo traseiro. O golpe do xerife só alcançou o ar.

— Também tenho agora, xerife, de tomar emprestada essa sua lâmina, para dá-la ao amigo que vossa excelência me cedeu — gritou Much e dum salto arrancou a espada das mãos do xerife.

— Toma, Stuteley — gritou em seguida —, toma esta espada que o nosso bom xerife nos oferece. E costas com costas nós dois, ensinemos a estes miseráveis a lição que merecem.

Entrementes os soldados haviam voltado a si da surpresa e já se lançavam contra eles. Nesse instante, a buzina de Robin soou — aquela buzina que semeava o pânico na gente do xerife. Os bandoleiros que haviam invadido a cidade arrancaram de si os mantos — e uma luta tremenda se travou.

Mas os soldados do xerife, embora atônitos, estavam dispostos a impedir que dessa vez a vitória coubesse aos bandoleiros. Amontoaram-se à frente de Stuteley, de Much e do peregrino, formando uma barreira tremenda. Contra ela atiraram-se os bandoleiros a golpes de espada, ferindo fundo, na fúria de romper a barragem. Muita gente da multidão que também detestava o xerife entrou em cena — e, apesar de pouco adestrada na guerra, ajudou não pouco o trabalho dos bandoleiros.

Por fim Robin, num supremo esforço, conseguiu passagem e saltou para o estrado do cadafalso — não fora de tempo. Dois soldados haviam subido à carreta. Um deles erguia a acha sobre a cabeça de Stuteley. O golpe oportuno da espada de Robin fez com que a acha saltasse longe — enquanto uma seta arremessada de perto atravessava a garganta do segundo soldado.

— Deus te salve, chefe! — exclamou Stuteley, radiante de alegria. — Estava receando nunca mais ver de novo a tua cara.

Os soldados começavam a ceder; mas, vendo que os bandoleiros já se iam retirando na direção da porta leste, reanimaram-se e iniciaram o ataque, com a ideia de impedi-los de sair da cidade. Cometeram, porém, um erro grave, com admitir que eles tomariam pela porta mais próxima. Todas as manobras tinham em mira essa porta, porque evidentemente para ela se dirigiram os verdes. Mas a um sinal de Robin, os verdes quebraram o corpo e correram com a maior rapidez na direção da porta leste, que ainda se conservava guardada por Artur-a-Bland, disfarçado no uniforme da sentinela amordaçada.

Ao verem lá o guarda atento, os homens do xerife exultaram, certos de que os bandoleiros estavam irremediavelmente trancados. Sua surpresa foi imensa quando viram a sentinela ajudar, em vez de impedir a saída dos inimigos.

Tão próximos vinham os do xerife sobre os verdes que Artur não teve tempo de suspender a ponte e fechar a porta depois que os verdes passaram. Lançou então as chaves longe e lá voou na cola dos companheiros.

Mas dali até a floresta era campo raso, sem abrigos que protegessem a retirada. Ficavam ao alcance dos tiros das seteiras da muralha e da perseguição dos homens a cavalo. O hábito da luta e o fato de se baterem pela vida os salvaram. Foram-se retirando em ordem, com paradas a breves intervalos para o lançamento de setas. Stuteley, radiante de felicidade, ia no meio deles, e junto a Robin o misterioso peregrino, que não falava, apenas movia os lábios numa prece contínua.

Num momento em que Robin levava à boca a buzina para desferir um som de comando, uma seta o fisgou pela mão. O peregrino deu um grito lancinante. O xerife, no comando dos homens a cavalo, vinha perto. Viu aquilo e berrou:

— Há! Tu não figurarás mais nos nossos concursos de tiro, senhor, meu chefe de bandidos!

— Mentes, rafeiro! — rugiu Robin, esticando a corda do arco, apesar do sangue que lhe escorria da mão. Há ainda uma flecha que guardei para ti. Toma-a!

Era a mesma flecha que o ferira, e que agora retornava ao xerife. Num movimento agilíssimo, este deitou o corpo; mesmo assim a seta lhe levou uma nesga do couro cabeludo, fazendo-o rolar por terra.

O desastre sucedido ao xerife desorganizou por um momento a perseguição — e os verdes puderam ganhar bom avanço. O peregrino tentava, mesmo na corrida, estancar o sangue da mão de Robin com uma estranha atadura — um lencinho de renda! Robin compreendeu tudo.

— Marian! — exclamou. — Tu, aqui!

Era de fato Marian, que havia ajudado a salvar Will Stuteley e entrara em batalha pela primeira vez.

— Disfarcei-me assim, Robin, porque do contrário não me deixarias vir.

Um grito de Will Stuteley veio interrompê-los.

— Por todos os santos, estamos encurralados! — bradava ele, apontando o morro para onde se dirigiam.

De fato, dum velho castelo lá assente borbotava uma tropa fresca de homens armados com achas e lanças, saídos ao encontro dos bandoleiros. Reanimados com aquilo, os homens do xerife retomaram a perseguição.

— Ai de nós! — gemeu Marian. — Estamos cercados. Não há salvação possível.

— Coragem, minha querida! — gritou Robin achegando-a a si. Mas seu coração apertou-se numa dor que desmentia o tom das suas palavras.

Súbito, ó alegria!, ele reconheceu o pendão do cavaleiro sir Richard de Lea. Tudo mudou.

— A salvação! A salvação! — foi o grito de Robin.

Nunca o sentimento da felicidade vibrou mais intenso em corações de homens. Com gritos loucos de alegria, os bandoleiros voaram ao encontro dos seus novos amigos — e breve estavam todos bem abrigados dentro dos muros do castelo. *Bang!* A ponte levadiça desceu, com grande estrépito de cadeias. *Clash!* A porta de ferro se fechou.

Estavam livres da perseguição do xerife, que, furioso como nunca, parou, com a mão na cabeça. Derrotado mais uma vez e diminuído dum bom pedaço de couro cabeludo...

CAPÍTULO XXI

N. C. Wyeth . 1917

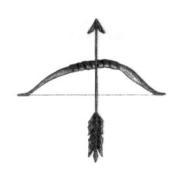

COMO SIR RICHARD PAGOU SUA DÍVIDA

— Abra as portas! — gritava logo depois o xerife para as sentinelas das muralhas. — Abra em nome do rei!

— Eh! Quem és tu para vires gritar assim à porta dos meus domínios? — inquiriu em tom senhoril uma voz potente — e o vulto do próprio sir Richard assomou num torreão.

— Conheces-me muito bem, cavaleiro traidor! — foi a resposta do xerife. — Entrega-me já os inimigos do rei, que contra todas as leis do país abrigaste em teu castelo.

— Mais devagar, amigo — tornou o cavaleiro em tom sereno. — Estou em domínios que me pertencem e onde só eu mando. Responsável sou pelo que faço, mas unicamente perante o rei. Só diante dele respondo pelos meus atos.

— Vilão de falas macias! — gritou o xerife no auge do furor. — Também eu sirvo o rei, e se esses bandoleiros não me são entregues sem demora sitiarei o castelo e o expungirei a ferro e fogo.

— Antes de o fazer, tens de mostrar-me a ordem real — disse sir Richard suasoriamente.

— Minha palavra vale por ordem real! — gritou o xerife. Não sou por acaso o xerife de Nottingham?

— Se és xerife, deves saber que tua autoridade acaba nas fronteiras dos meus domínios, salvo se de ordem do rei for prolongada. Enquanto não recebes essa ordem, acho de bom alvitre que tomes umas lições de boas maneiras.

Sir Richard, após essas palavras, recolheu-se; e o xerife, a rosnar, teve de bater em retirada, desapontadíssimo.

— Quer ordem do rei, pois tê-la-á sem demora, patife! E do rei mesmo, não de nenhum regente, pois que o rei Ricardo acaba de chegar da Terra Santa.

Lá no castelo, sir Richard e Robin conversavam animadamente.

— Belo feito, Robin! Belo feito! — exclamou o fidalgo, apertando o chefe dos bandoleiros nos braços. — Deus me há protegido, e eu ia saindo a caminho da floresta para pagar aquela dívida que há um ano contraí.

— E pagou-a magnificamente — disse Robin com alegria.

— Não — disse o cavaleiro, vendo-se mal compreendido. — Falo do empréstimo das quatrocentas libras.

— Isso já está pago e repago — disse Robin. — O nosso bom bispo de Hereford entregou-nos o montante.

— A soma exata?

— Exatinha — respondeu Robin.

Sir Richard sorriu e nada mais disse naquele momento.

Robin ficou em repouso até que o jantar fosse servido. Marian pensou-lhe a ferida da mão e fê-lo prometer que a deixaria em paz até completa cura. Outros feridos também foram pensados, e a boa cerveja completou a ação benéfica das ataduras.

Ao jantar, sir Richard apresentou Robin à sua esposa, imponente matrona que tinha conhecido Marian pequena. Depois, apresentou-o ao seu filho único. Esse jovem cavaleiro possuía todas as boas qualidades paternas, inclusive o sentimento da gratidão. O que Robin fizera para seu pai nunca lhe saía do pensamento.

Linda festa foi aquele jantar. Duas compridas mesas às quais se sentaram duzentos homens.

Manjares excelentes, alegria, canções. O próprio João Pequeno, já restabelecido do joelho, atreveu-se a cantar ao som da harpa, tangida pelo menestrel. Cento e quarenta dos comensais trajavam o pano verde de Lincoln — o que vale dizer que no castelo de Lea jamais se juntara gente mais pitoresca e valente.

Passaram lá a noite; no dia seguinte despediram-se, apesar da insistência de sir Richard para que prolongassem por mais tempo a estada. O velho cavaleiro levou Robin ao seu gabinete, onde quis forçá-lo a receber as quatrocentas libras do empréstimo; Robin não cedeu.

— Esse dinheiro já não me pertence — sir Richard. — Nada mais fiz senão obrigar o bispo a devolver o que havia extorquido de modo infame.

O cavaleiro agradeceu com muita dignidade aquele ponto de vista e convidou-o, e aos mais, para uma visita à sala de armas, antes de partirem. Lá viram cento e quarenta magníficos arcos com cordas de seda, ao lado de outros tantos carcases cheios de setas magníficas, de penas de pavão. A esposa do cavaleiro fez pessoalmente a entrega dum arco e dum carcás a cada bandoleiro.

— Em verdade — disse sir Richard —, isto não passa dum bem pobre presente a quem tanto fez por mim, meu caro Robin; mas vale como símbolo da minha gratidão eterna.

Em seguida os bandoleiros retiraram-se.

O xerife cumpriu sua ameaça de informar o rei sobre o acontecido. Logo que o ferimento do couro cabeludo lhe permitiu viajar, tomou o caminho de Londres — e não para falar com um simples regente, qual fora o príncipe João, e sim com o próprio Ricardo Coração de Leão. Sua Majestade acabava de chegar da Terra Santa, estando a tomar pé nos negócios do reino. Sem demora recebeu o xerife em audiência.

O xerife abriu-se. Fez tremenda carga contra Robin Hood. Contou como havia muito tempo vinham, ele e seu grupo de bandoleiros, desafiando o rei e matando os veados reais; contou como Robin reunira na floresta os melhores arqueiros do reino e sempre resistira com vantagem a todas as expedições de captura. Contou, por fim, como na última, justamente a mais bem organizada e que chegara a pique de vitória, se deu a inesperada intervenção dum cavaleiro traidor, sir Richard de Lea, que não só os recolheu em seu castelo como ainda se recusou a entregá-los à justiça.

O rei, que ouvira com atenção, disse:

— Creio que ouvi falar deste Robin, de seus homens e de suas proezas. Não foi o mesmo que saiu vencedor na justa real de Finsbury?

— Exatamente, senhor — e por esse tempo beneficiou-se de quarenta dias de perdão, apenas.

Aqui o xerife se estrepou, pois deu azo a que o rei lhe fizesse esta pergunta:

— Como então compareceram à última feira de Nottingham — disfarçadamente?

— Sim, Majestade.

— O senhor xerife proibiu-lhes de comparecer?

— Não, Majestade. Isto é...

— Fale!

— Para o bem da justiça — começou o xerife atrapalhado —, proclamamos uma anistia — sim, porque esses homens constituem uma terrível ameaça...

— Pelo meu reino! — exclamou o rei Ricardo desfranzindo as sobrancelhas. — Uma traição dessas jamais se viu nem num campo de sarracenos — e vejo-a num país cristão!

O xerife guardou silêncio, tomado de medo e vergonha; o rei continuou:

— Está bem, xerife. Prometo pensar no assunto. Esses bandoleiros precisam saber que a Inglaterra só possui um rei e que esse rei quer que lhe respeitem a autoridade.

Quinze dias mais tarde o rei Ricardo partia para o Castelo de Lea, à frente dum pequeno séquito de cavaleiros. Sir Richard foi avisado da aproximação do grupo e já de longe reconheceu Sua Majestade, no que vinha na dianteira. Fez abrirem-se as portas do castelo e correu-lhe ao encontro, ajoelhando-se e beijando-lhe o estribo. Sir Richard também estivera na Terra Santa, onde tomara parte em muitas aventuras com o rei Ricardo. Daí a camaradagem do encontro. O soberano apeou-se e abraçou-o, entrando juntos no castelo, ao som de trombetas e burras.

Depois da refeição havida e dum breve repouso, o rei voltou-se para sir Richard, inquirindo com ar solene:

— Que significa o que corre por aí, de ser este castelo asilo de homens fora da lei?

O velho cavaleiro, percebendo atrás da pergunta a informação oficial do xerife, contou tudo com a maior franqueza. Contou de como os bandoleiros o haviam salvo duma situação angustiosíssima, e de como auxiliavam a todos os necessitados. Quanto à retribuição que ele, sir Richard, lhes dera, fora a que a gratidão impunha, pois de outro modo não procedem cavaleiros.

O rei satisfez-se com a história, visto também possuir alma cavalheiresca. Fazendo outras perguntas sobre Robin Hood, veio a saber da injustiça perpetrada contra seu pai e do mais que o levou àquela vida de revolta.

— Na verdade! — exclamou o rei, erguendo-se. — Quero conhecer pessoalmente esse bandoleiro. Deixo cá no castelo minha comitiva, e que todos fiquem prontos para correrem à minha procura se dentro de dois dias eu não reaparecer.

E, com espanto de todos, o rei Ricardo Coração de Leão partiu para a Floresta de Sherwood.

CAPÍTULO XXII

Louis Rhead . 1912

COMO O REI RICARDO FOI TER À FLORESTA DE SHERWOOD

Frei Tuck havia tratado tão bem do joelho de João Pequeno que o pôs a caminho de cura radical: mas a última parte do tratamento dependeu mais de força bruta do que de habilidade. Essa última parte do tratamento se resumira em mantê-lo à força na cama. João Pequeno, apesar de não ter tido alta, insistira violentamente em tomar parte na expedição organizada para salvar Stuteley. Frei Tuck teve de impedir essa loucura dum modo todo especial: conservando-se sentado em cima do estômago do paciente.

Submetido a semelhante regime, era natural que João Pequeno sarasse, como de fato sarou.

Ao receber alta, foi conjuntamente com o enfermeiro receber os parabéns do bando. Teve acolhida estrepitosa, e ao pé do fogo passaram a noite a comentar alegremente o magno sucesso.

Estava uma noite friorenta. Súbito, começou a chover. A horas tantas Frei Tuck recolheu-se à sua ermida, onde acendeu fogo para a secagem do seu hábito encharcado. E estava ele nisso, e ao mesmo tempo jantando o seu empadão bem irrigado de bom vinho, quando uma voz soou lá fora, pedindo guarida.

O alvoroço dos cães mostrou tratar-se de criatura desconhecida.

— Por São Pedro! — exclamou o frade. Quem será este viandante que confunde minha ermida com taverna? E voltando-se na direção da voz:

— Segue teu caminho, amigo. Estou muito ocupado.

Disse e emborcou o garrafão. Mas pancadas violentas à porta fizeram-no interromper aquele trabalho de passagem do líquido dum recipiente para outro. E a voz soou de novo, imperiosa, colérica:

— Olá! Abre-me!

— Segue em paz teu caminho, já disse — tornou o frade.

— Nada posso fazer por ti, amigo. A Vila de Gamewell não fica longe, para quem sabe o caminho.

— Mas eu não sei o caminho. Além disso, chove cá fora e bem seco está aí dentro. Abre, amigo, sem mais delongas.

— O diabo leve quem vem perturbar um santo homem em suas orações! — murmurou Frei Tuck furioso. Não obstante, foi abrir, antes que o importuno lhe arrombasse a porta, tais os trancos que começava a dar. Abriu e examinou o desconhecido à luz dum archote.

Tinha diante de si um cavaleiro de alentada estatura, vestido de negra cota de malhas, elmo emplumado. Atrás viu seu cavalo — um magnífico animal recoberto de rica armadura.

— Não me convidas para cear, irmão? — disse o cavaleiro negro logo de entrada. Estou necessitado de teto e cama e vejo que há aqui ambas as coisas.

— Não tenho aqui, senhor cavaleiro, cama digna de um tal hóspede, e pior ainda será servido um estômago, já que só existem umas crostas de pão duro e água.

— O cheiro que estou sentindo, irmão, me diz coisa bem diversa — observou o cavaleiro negro — e isso me leva a impor-te a minha companhia, embora, a bem da Igreja, eu venha a recompensar-te com ouro mais tarde. Quanto ao meu cavalo, pode ficar aqui fora ao relento.

E, sem mais, o estranho cavaleiro transpôs a soleira da ermida alheio aos protestos de Frei Tuck e dos cães. Qualquer coisa naquele homem impressionava o frade.

— Sente-se, senhor cavaleiro, enquanto vou amarrar o seu cavalo e ver se descubro algo que ele coma. Metade da minha cama está ao seu dispor.

Amanhã, porém, temos de decidir quem é que está em situação de dar ordens aqui.

— Com o maior prazer! — respondeu o cavaleiro, sorrindo. — Posso pagar minha estada com ouro ou com golpes de espada, à escolha.

Depois de cuidar do cavalo, Frei Tuck voltou e puxou uma mesinha para perto do fogo.

— Senhor cavaleiro — disse ele — dispa-se dessa tralha de guerra e venha ajudar-me a pôr a mesa.

Também eu estou com fome.

O cavaleiro obedeceu. Tirou o elmo, revelando o rosto bronzeado, os olhos azuis, os cabelos de ouro, as feições belas e altivas.

Frei Tuck, já esquecido de que em sua ermida só havia umas crostas de pão duro, colocou sobre a mesa o perfumado empadão e o vinho. Começaram a conversar, admirando-se o frade de que o hóspede respondesse a muita coisa em latim. O empadão e o vinho foram atacados valentemente, ficando indeciso qual o melhor paladino. Frei Tuck começou a encantar-se das histórias com que o cavaleiro ia enfeitando a refeição. O calor de vinho e o agradável do ambiente fizeram que se acamaradassem de pronto; pouco depois estavam a rir às gargalhadas como os melhores amigos do mundo.

O cavaleiro negro parecia viajadíssimo. Havia estado nas Cruzadas, durante as quais se batera contra o generoso sultão Saladino; estivera encarcerado muito tempo; correra grandes perigos. Mas de tudo falava como de coisas mínimas, a rir, a gargalhar, a chasquear, fazendo com que o frade espernease de prazer. E assim até noite alta. Vindo o sono, ali mesmo dormiram, debruçados sobre a mesa.

Ao romper da manhã, Frei Tuck despertou disposto a mostrar-se severo com o invasor da sua ermida; mas logo mudou de ideia, ao vê-lo já levantado, de mãos e rosto lavados, a preparar umas papas de aveia ao fogo.

— Por minha fé, vejo que de hospedeiro acabo de passar a hóspede! — murmurou Frei Tuck, espreguiçando-se. E depois, ao sentar-se à mesa para o *breakfast*: — Amigo, não quero o ouro de que falou ontem à noite; pago me dou com a boa companhia e tudo farei para guiá-lo na missão que o traz por aqui.

— Dize-me, então, de que modo posso ter contato com o bandoleiro Robin Hood, para o qual tenho mensagem mandada pelo rei. Perdi a tarde de ontem a procurá-lo inutilmente.

Frei Tuck ergueu os braços para o céu, como que horrorizado.

— Sou amigo da paz, senhor cavaleiro, e não assecla desse bando de Robin Hood.

— Escuta, amigo. Não tenho a menor intenção de fazer

mal ao senhor Robin, mas é indispensável que com ele converse cara a cara.

— Se é assim, poderei levá-lo ao acampamento dos bandoleiros — acrescentou Frei Tuck, prevendo no hóspede uma boa presa para Robin. — Claro que vivendo nestas matas seja eu obrigado a saber algo desses bandidos — mas a minha ocupação única, e minha alegria, é a religião.

— Bem. Acompanhe-me, pois, à presença de Robin.

Logo depois, o cavaleiro negro era levado por Frei Tuck em certa direção.

Estava um dia esplêndido, com todos os amavias do outono no ar. Brisa picante, dessas que põem irrequietismo no sangue. Por toda parte, alegria.

O cavaleiro respirou deleitadamente aquele ar fino.

— Por meu reino! — exclamou. — Acho que não existe lugar melhor para uma criatura viver do que a floresta! Que capital, ou corte, valerá isto?

— Sim, nada na terra vale isto — sorriu o frade, novamente conquistado pelas palavras do cavaleiro.

Não haviam ainda caminhado mais de três milhas no rumo de Barnesdale quando duma moita lhes irrompeu à frente o vulto dum homem ágil, de cabelos castanhos e cacheados; pulara para a estrada e segurara a rédea do cavalo.

Robin Hood.

Robin vira de longe Frei Tuck a conduzir aquele desconhecido e suspeitou logo do plano do manhoso frade: levar o incauto à boca do lobo.

Frei Tuck, entretanto, fingiu não conhecer o chefe dos bandoleiros.

— Alto! — gritou Robin. — Estou hoje de guarda a este ponto, e tenho de exigir taxa de todos os passantes.

— Que quer este indivíduo? — indagou o cavaleiro. — Não tenho o hábito de ceder à imposição de um homem.

— Se não cede à de um, cederá à de muitos — e muitos tenho às minhas ordens — disse o bandoleiro batendo palmas. E de fato surgiu como por encanto uma dúzia de homens fortes.

— Somos habitantes da floresta, senhor cavaleiro — continuou Robin. — Vivemos sob as árvores. Não dispomos de meios de vida graças à opressão dos senhores das terras, e pois só contamos com o auxílio dos nédios sacerdotes e de cavaleiros que por aqui passam — a gente rica. Possuem grandes rendas e ouro em abundância, por isso achamos natural que deles nos venha o socorro.

— Mas eu não passo dum pobre monge — gemeu Frei Tuck, como se também ele estivesse sendo posto a saque. — Vou a caminho da ermida de São Doustan, e prosseguirei viagem, se vossa senhoria mo permitir.

— Detenha-se um bocado conosco — respondeu Robin, reprimindo o riso — e depois seguirá livre na sua santa caminhada.

O cavaleiro negro falou de novo.

— Sou mensageiro do rei — disse ele. — Sua Majestade está num castelo aqui perto e muito deseja falar pessoalmente com Robin Hood.

— Deus salve o rei! — exclamou Robin tirando o capuz em signo de lealdade. — Robin Hood sou eu — mas vivo perseguido pelos homens que negam minha lealdade ao rei.

— Cuidado! — murmurou o cavaleiro.

— Sim — insistiu Robin. — O rei não possui vassalo mais leal que eu. Nada tirei dele nunca, salvo uns tantos cervos que me matassem a fome. Minha guerra não é contra o rei, e sim contra o clero e os barões espoliadores dos pobres. Mas muito me alegra vê-lo por aqui, senhor cavaleiro, pois isso me dará oportunidade de banqueteá-lo em meu reino florestal.

— A que preço? — indagou o cavaleiro. — Fui informado de que teus banquetes custam muito caro.

— Nada custará para um mensageiro do rei — disse Robin. — Por falar nisso: quanto traz na sua bolsa?

— Não tenho comigo mais de quarenta moedas de ouro, pois passei quinze dias com o rei em Nottingham e ainda fiz outras despesas.

Robin tomou as quarenta moedas e contou-as.

Deu metade aos seus homens para que bebessem à saúde do rei. A outra metade restituiu ao cavaleiro.

— Senhor — disse ele cortesmente —, fique com o restante, pois quem anda na companhia de reis e grandes senhores não pode ter a bolsa vazia.

— Obrigado — respondeu o cavaleiro sorrindo. — Conduze-me agora à tua hospedaria florestal.

Robin pôs-se a caminho, à direita do corcel do cavaleiro, com Frei Tuck a caminhar à esquerda; os bandoleiros restantes dividiram-se em dois grupos, um à frente, outro atrás. Em certo ponto Robin tocou a buzina.

Começaram a surgir as várias companhias de verdes, cada qual com o seu chefe na dianteira. Arcos em punho, as curtas espadas à cinta. Todos dobraram o joelho diante de Robin — e lá se dirigiram para a mesa armada ao ar livre.

Um formoso pajem de cabelos negros ficou atrás de Robin para servi-lo de vinho e ao seu hóspede, o qual, maravilhado de tudo quanto via, pensou lá consigo: "Estes homens de Robin Hood prestam-lhe mais obediência do que os meus súditos a mim".

A um sinal do chefe a refeição começou. Muita caça, peixe, bolos, vinho e cerveja com abundância. Dava gosto ver a alegria reinante, o prazer com que comiam.

Frei Tuck começou a fazê-los rir com os seus casos humorísticos. Mas Robin o interrompeu, erguendo um grande copázio de cerveja.

— Eia! Preparai vossos copos. Vamos beber em honra

do nosso hóspede, mensageiro real. Mas antes bebamos à saúde do nosso rei!

O hóspede acompanhou-os na homenagem — e nunca o rei Ricardo a teve tão calorosa.

Terminada a festa, Robin voltou-se para o homenageado:

— Pode agora o cavaleiro informar ao rei, com fidelidade, sobre a vida que aqui vivemos.

Levantaram-se todos e foram-se aos arcos. Iam dar ao hóspede uma prova da sua perícia no tiro — e de fato o hóspede já de começo muito se admirou dos alvos escolhidos: simples varinhas espetadas no chão. Também uma grinalda de folhas suspensa dum fio. Atirador que tivesse a sua seta esfrolada por uma das folhas internas recebia a clássica surra cômica de Frei Tuck.

— Ho! Ho! — exclamou o cavaleiro quando viu o frade que o hospedara na ermida erguer-se para a primeira surra, desse modo revelando sua ligação com o bando.

— Não estou me contradizendo, senhor — respondeu o frade. — O castigo do corpo é coisa que a santa igreja prescreve, de modo que flagelando estes homens estou a trabalhar para a salvação de suas almas transviadas.

O cavaleiro calou-se, piscando. As provas continuaram.

Davi de Doncaster, o primeiro a atirar, meteu sua seta matematicamente pelo centro da coroa de folhas. O mesmo sucedeu a Allan-a-Dale, João Pequeno e Will Stuteley, com grande admiração do homenageado. Outros atiradores vieram, que demonstraram igual perícia; mas Middle, o funileiro, errou.

— Vamos, amigo — berrou João Pequeno. — O nosso santo sacerdote quer abençoar-te com a mão espalmada.

Middle fez cara de quem acabava de ser "abençoado", mas Artur-a-Bland e Stuteley agarraram-no pelos braços e o levaram ao frade. Frei Tuck ergueu no ar a mão enorme e *vup*!, desceu-a com a maior violência no ouvido do faltoso — mas sem tocá-lo, tudo fingimento. E como se realmente houvesse recebido tão tremenda bênção, Middle tombou e foi rolando na grama até ser detido por um obstáculo; sentou-se então e esfregou o ouvido "abençoado", com caretas de quem vê diante de si o sol e todas as estrelas. Os bandoleiros riram-se de rolar e o cavaleiro negro também.

Depois do desastre de Middle, ainda houve outros que falharam no tiro e receberam a mesma punição. Por fim chegou a vez de Robin atirar. E Robin atirou, depois de cuidadosa pontaria. Mas não teve sorte. A flecha escolhida tinha uma das penas mal disposta, o que ocasionou desvio do projetil. Errou o alvo por três dedos. Gritaria enorme entre os bandoleiros, porque era raríssimo que Robin falhasse no tiro.

— A peste o leve! — exclamou ele jogando de si o arco.
— Só notei que a flecha tinha uma pena retorcida quando já a ia disparando.

Depois, tomando de novo o arco, lançou três flechas

sucessivas, com a maior rapidez, fazendo com que todas atravessassem a grinalda sem o menor esbarro nas folhas internas.

— Por São Jorge! — exclamou o cavaleiro. — Tiros como esses nunca vi em toda a cristandade.

Troaram os aplausos do bando, mas Will Scarlet veio gravemente dizer a Robin:

— Tiros magníficos, não há dúvida, chefe, mas que não te livram de receber a bênção de Frei Tuck.

— Alto lá! — protestou Robin. — Como esse bom frade pertence ao nosso bando, não tem autoridade para erguer a mão contra mim. Este cavaleiro, sim, já que representa o rei. Queira, senhor cavaleiro, aplicar-me a punição.

— Impossível, meu caro — protestou Frei Tuck. — Esqueces que eu represento a Igreja, que é mais que o Estado.

— Não na Inglaterra — contestou o cavaleiro. E, levantando-se, disse a Robin: — Estou pronto para aplicar a punição merecida.

— Eh! Eh! — berrou Frei Tuck. — Ontem à noite, senhor cavaleiro, eu disse que tínhamos hoje de ver qual de nós dois é o mais forte. Podemos tirar isso a limpo agora.

— Ótimo! — concordou Robin. — Assim se decidirá a disputa entre a Igreja e o Estado.

— Também concordo! — acrescentou o cavaleiro. — Será maneira líquida de decidirmos o ponto. O senhor frade que dê primeiro. Concedo-lhe o ataque.

— Apesar da vantagem que o senhor cavaleiro tem com essa panela de ferro na cabeça e as mãos enluvadas — disse o frade —, aceito a luta — e vou botá-lo por terra, ainda que seja o próprio gigante Golias em pessoa.

O formidável punho de Frei Tuck regirou no ar, descendo como um raio sobre o cavaleiro. Mas, com espanto de todos, este recebeu o tremendo golpe sem o menor abalo, como se fosse uma estátua de bronze. Espanto bem justificável, pois pela primeira vez viam o punho de Frei Tuck não abater um contendor.

— Agora é a minha vez — disse o cavaleiro calmamente, arrancando a gantelete. E com o murro que deu arremessou Frei Tuck a dois metros de distância.

A atoarda foi enorme. Nunca a Floresta de Sherwood testemunhou maior tempestade de gargalhadas. Os bandoleiros rolaram na relva de tanto rir; todos, exceto Robin. "Antes deixasse que Frei Tuck me desse a sua bênção", pensava ele lá consigo.

A situação de Robin realmente se tornara má, pois que a punição a receber de tal pulso poderia redundar em más consequências. Felizmente o soar duma trompa veio interromper a cena. Um grupo de cavaleiros se aproximava.

— Aos arcos! — bradou Robin, correndo a tomar posição defensiva.

— Gente amiga! — observou uma vedeta. — Sir Richard de Lea.

De fato, assim era. Sir Richard vinha à frente dos cavaleiros, e penetrou no acampamento como em sua casa. Diante do cavaleiro negro, apeou e curvou-se.

— Espero que Vossa Majestade não haja necessitado das nossas armas — disse ele.

— O rei! — bradou Will Stuteley, caindo de joelhos.

Houve um momento de confusão e assombro.

— O rei! — exclamou Robin Hood — e todos os seus homens ajoelharam-se reverentes.

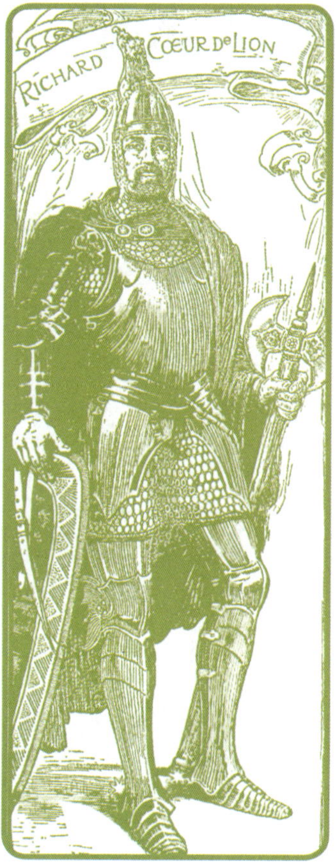
RICHARD COEUR DE LION

CAPÍTULO XXIII

Louis Rhead . 1912

COMO ROBIN E MARIAN CONTRAÍRAM CASAMENTO

— Perdão peço a Vossa Majestade — exclamou Robin. E o perdão da vossa real bondade para todos esses homens que só desejam servir ao seu rei.

Ricardo Coração de Leão correu os olhos pelo bando ajoelhado.

— É assim como vosso chefe diz? — perguntou ele.

— Nosso chefe diz o que está em nossos corações — foi a resposta unânime.

— Não nos tornamos bandoleiros por má índole — continuou Robin —, apenas em consequência da opressão. Fiéis servos temos sido de Vossa Majestade, limitando-nos a resistir à violência dos maus servidores da Coroa. Veados reais abatemos, confesso; como confesso que a nédios sacerdotes os despojamos das suas riquezas mal adquiridas. Mas socorremos todos os pobres que vêm a nós e sempre damos nosso auxílio às viúvas e aos órfãos. Conceda-nos Vossa Majestade o perdão e abandonaremos a floresta para nos dedicarmos ao serviço exclusivo da Coroa.

Ricardo Coração de Leão media com os olhos aquele esplêndido grupo de homens fortes, dos mais fortes que ainda vira, pensando lá consigo que melhor guarda real jamais obteria.

— Jurai! — bradou ele. — Jurai, Robin Hood e todos os presentes, jurai que de hoje em diante servireis com fidelidade ao vosso rei.

— Nós o juramos! — foi o brado uníssono que estrugiu.

— Ergue-te, valente Robin! — disse então o rei Ricardo. — Erguei-vos todos, porque a todos concedo meu perdão e a todos porei imediatamente a meu serviço. Espanta-me a vossa perícia no arco; seria monstruosidade condenar à morte tais mestres. Tão cedo não produzirá a Inglaterra uma força igual. Mas de nenhum modo posso consentir que continueis livres na floresta, a matardes meus veados e a desrespeitardes minhas leis. Por isso vos nomeio arqueiros reais, componentes da minha guarda de honra. Tenho, para começar, um ajuste de contas com um certo fidalgo normando e para ele necessito do vosso concurso. Liquidado isso, metade do bando ficará aqui em guarda à floresta; os mais irão comigo. Espero que mostreis tanto zelo na preservação dos meus veados como o mostrastes no caçá-los.

E depois duma pausa:

— Qual o de nome João Pequeno?

— Eu, senhor! — respondeu o chamado, apresentando-se.

— João Pequeno — disse o rei depois de medi-lo com um olhar aprovativo. — Tens músculos suficientes para suportar o peso dum cargo policial no condado. Se assim é, estás nomeado, a partir deste momento, xerife de Nottingham — e espero que sejas uma autoridade melhor que a que acabo de demitir.

— Tudo farei para bem servir Vossa Majestade! — respondeu João Pequeno, entre radiante e assombrado com a repentina mutação.

— Will Scarlet, adianta-te — disse em seguida o rei. E depois que o viu diante de si: — Conheço toda a tua história, e a de teu pai, um amigo do meu. Estás perdoado e autorizado a reentrar na posse dos teus domínios e dos teus direitos civis; teu pai, velho que é, necessita do braço forte de seu filho único. Aparece em Londres para seres nobilitado.

Em seguida, o rei nomeou a Will Stuteley chefe dos Arqueiros Reais. Chegou por fim a vez de Frei Tuck.

— Mereço também vosso real perdão, senhor — gemeu

o frade humildemente —, pois só a ignorância de com quem lidava fez-me erguer a mão contra o ungido de Deus.

— Mas a mão que castigou Deus fez que caísse sobre ti, frade — respondeu Ricardo sorrindo. — E não quero prosseguir na contenda entre a Igreja e o Estado. Assim, que poderei conceder-te em paga duma boa noite de hospedagem? Haverá algum emprego onde não haja faltosos a castigar e o trabalho seja macio?

— Não aspiro a tanto, Majestade — respondeu Frei Tuck. — Só quero paz. Minha natureza é simples; jamais pensei nas folias e dourados das cortes. Tenha eu boa comida e meu copo, e nada mais quero da vida.

Ricardo suspirou.

— Pedes a coisa mais rara da vida: contentamento. Isso escapa ao meu poder dar ou negar. Pede-o, portanto, a Deus — e se fores favorecido, faze que Deus estenda a mim tamanho benefício.

Em seguida, o rei voltou-se novamente para o bando.

— Quem é aqui Allan-a-Dale?

E depois que o menestrel se apresentou:

— Com que então és o menestrel que raptou uma noiva de Plympton, à vista dum alto sacerdote e do seu noivo? Ouvi contar a história e quero saber como te justificas.

— Com uma palavra apenas, senhor — respondeu Allan com simplicidade —, amor. Eu amava-a e o fidalgo normando queria esposá-la à força, movido apenas pela cobiça. Esposava-lhe as terras, não a ela.

— Terras que caíram nas unhas do bispo de Hereford — acrescentou o rei. — Mas o meu bom bispo vai vomitar o que engoliu — e tua esposa reentrará na posse de seus domínios. E se acaso eu necessitar em minha corte da tua harpa, corre a atender-me — e leva tua esposa.

E voltando-se para Hobin Hood, que estava a pensar na punição que lhe caberia:

— Por falar em damas, não teve o senhor Robin uma enamorada na corte, uma tal Marian? Que houve que a esqueceu?

— Nunca me esqueceria, senhor! — disse um pajem de olhos negros, adiantando-se. — Robin jamais me esqueceu.

— Oh! — exclamou o rei, curvando-se para beijar com requintada galanteria a mimosa mão do pajem. — Vejo que este senhor Robin está melhor servido que eu em meu palácio real! Mas não és tu a filha única do conde de Huntington?

— Sim, Majestade, embora haja quem afirme que o pai de Robin fosse o legítimo conde de Huntington. Isso, aliás, nada nos adianta, já que o domínio dos Huntingtons foi confiscado.

— Será restituído incontinenti — disse o rei — e, a não ser que queiras perpetuar a antiga desavença de família, voltará às mãos dos dois conjuntamente. Adianta-te, Robin Hood!

Robin veio ajoelhar-se diante do rei. Ricardo ergueu a espada sobre sua cabeça e disse:

— Levantai-vos, senhor Robert Fitzooth, conde de Huntington! E uma tempestade de aplausos sacudiu as árvores da floresta. — A primeira ordem que vos dou, senhor conde, prosseguiu o rei, depois de serenado o tumulto, é sem demora casardes com Marian.

— A vontade dum rei nunca será obedecida de mais coração! — gritou o novo conde de Huntington, abraçando sua noiva. — Casar-nos-emos amanhã, se Marian o consentir.

— O consentimento leio-o em seus olhos cheios de lágrimas — disse o rei sorrindo.

Em seguida Ricardo entrou a conversar com vários outros, igualando-se a eles pelo resto da tarde. Dir-se-ia um novo elemento agregado ao bando. Much, Artur, Middle e Stuteley fizeram demonstrações da sua perícia na luta, muito contentando o interesse esportivo de Sua Majestade. Ao cair a noite, todos os presentes — rei, cavaleiros de sir Richard e bandoleiros — regalaram-se com um jantar rústico servido ao pé das fogueiras, ao som mavioso da harpa de Allan.

Foi uma deliciosa noite, a última que os bandoleiros de Robin Hood passaram juntos na Floresta de Sherwood. Robin, apesar da imensa felicidade daquele imprevisto desfecho, sentia n'alma uma tristeza indefinida; já saudades da vida livre e aventuresca de até então. Mas, ao pensar em seu matrimônio com Marian e na nova vida que o esperava em seus domínios restaurados, reagiu.

A noite avançava. As fogueiras morriam. Foram reabastecidas e os homens deitaram-se por ali.

O rei insistiu em passar a noite ao relento — e também dormiu sob o pálio das estrelas, dominado pelos amavios da floresta, no meio daqueles súditos transviados que ele restituíra à felicidade e à Inglaterra.

Ao romper da manhã, estavam todos a postos para a ida a Nottingham. Partiu a cavalgada. À frente seguia Ricardo Coração de Leão, imponente de estatura, armado de negro, com a pluma do elmo ondeante ao vento. Em seguida vinha sir Richard de Lea com o seu séquito de cavaleiros. Depois, Robin Hood e Marian, montados em corcéis brancos. Allan-a-Dale também escoltava a senhora Dale, convidada para madrinha do casamento. Atrás, os cento e quarenta arqueiros da floresta, entrajados do verde pano de Lincoln, os arcos sem corda — sinal de guerra concluída.

Diante das portas de Nottingham fizeram alto.

— Quem vem lá? — bradou a sentinela.

— Abram em nome do rei da Inglaterra! — foi a resposta — e as portas se abriram de par em par.

Antes que a cavalgada avançasse muito, um grito correu pela cidade inteira:

"O rei vem entrando! O rei prendeu Robin!"

De todos os cantos brotou gente ansiosa de ver o soberano, a quem todos aclamavam com delírio. Ricardo, com o elmo na mão, sorria, agradecendo.

Na praça do mercado, o xerife se preparava para recebê-lo; mas sentiu no coração uma golfada de ódio ao ver que

Sua Majestade vinha na companhia de sir Richard de Lea e de Robin Hood. Entretanto, curvou-se, na reverência devida ao seu real amo.

— Xerife — começou o rei Ricardo — vim a este condado cumprir o que prometi: acabar com os bandoleiros da floresta. Já não existe nenhum; todos entraram para o serviço da Coroa. E para que não haja reincidência, resolvi pôr à testa do condado um homem de bem. Mister João Pequeno passa de agora em diante a ser o xerife de Nottingham — e a ele deveis entregar imediatamente as chaves da cidade.

O xerife curvou-se, sem ousar uma palavra. Em seguida, o rei voltou-se para o bispo de Hereford.

— Senhor bispo — disse ele —, o cheiro de vossas más ações chegou até minhas narinas. Ides prestar contas estritas dos confiscos de terra e outros atos de opressão impróprios de um príncipe da Igreja. E esta tarde oficiareis no casamento de duas pessoas do meu séquito. Só.

O bispo também curvou-se sem murmurar palavras, contente de que a punição dos seus crimes ficasse por ali.

A cavalgada tomou rumo à Mansion House, onde o rei deu demorada audiência aos seus súditos.

À tarde, as ruas que iam da mansão à igreja estavam apinhadas de povo. A procissão do casamento ia passar. Era imensa a curiosidade de ver Robin, herói que todos secretamente amavam.

Surgiram por fim os noivos, sobre os quais choveram

flores durante o percurso inteiro. Só dois corações, em toda a cidade, não vibravam de alegria: o do velho xerife destituído e o de sua filha orgulhosa, a qual espiava por um vão da janela, sem ânimo de mostrar-se ao público.

A procissão chegou à igreja. O rei apeou e ajudou a noiva a fazer o mesmo. E o mesmo fez Will Scarlet à senhora Dale, a madrinha. Dentro da igreja viram o bispo nas suas vestes talares, coadjuvado dum coadjutor novo: Frei Tuck.

O serviço foi realizado em latim, ao som em surdina do órgão. O rei teve como prêmio de sua ação o primeiro beijo da noiva. Finda a cerimônia, o grupo dispersou-se — e Robin e Marian deixaram o templo já marido e mulher.

Pelas ruas apinhadas de povo lá se foram eles, seguidos dos bandoleiros, em delirante efusão, que lançavam punhados de moedas e pediam a todos que bebessem à saúde dos desposados e do rei. Foram então à residência dos Gamewells, onde sir George chorou de alegria vendo seu filho na companhia do rei Ricardo, o qual lá se hospedou.

CAPÍTULO

XXIV

N. C. Wyeth . 1917

COMO ROBIN HOOD CHEGOU AO FIM

Muito bem acabaria esta boa história se tivesse o ponto final no casamento de Robin Hood com sua amada Marian. Há que ser verídica, entretanto, e pois há que contar o fim do famoso bandoleiro verde. Porque Robin Hood, depois de anos de completa felicidade, veio a morrer, como aliás acontece a todos os mortais.

Robin à frente dos Arqueiros Reais acompanhou o rei Ricardo Coração de Leão a vários pontos da Inglaterra, onde a presença de Sua Majestade se impunha para a pacificação de velhas disputas surgidas entre os barões normandos. Concluída a contento essa tarefa, tomaram o caminho de Londres — e lá começou a viver o novo conde de Huntington, com sua esposa devolvida às funções de dama de corte.

Os Arqueiros Reais foram divididos em dois grupos, um a serviço em Londres, outro nas Florestas de Sherwood e Barnesdale.

O tempo correu. Passado o encanto da novidade, Robin entrou a aborrecer-se da vida londrina. Recordava saudoso o antigo viver ao ar livre, os amavios da floresta, a franca sociedade dos seus companheiros de aventuras. Um dia, vendo alguns rapazes em prática do tiro de arco, não pôde fugir a um lamento: "Ai de mim! Meus dedos já devem estar mortos!". E, crescendo aquela saudade, pediu e obteve permissão para viajar pelas terras estrangeiras.

Seguido de Marian, viajou Robin demoradamente. Um dia, porém, em plagas longínquas, sua esposa contraiu a peste e faleceu. Isso, após cinco anos de vida conjugal. Robin recebeu o golpe como o fim de tudo. Por alguns meses ainda, errou de terra em terra, em procura de lenitivo para sua dor; por fim, se fez de volta à Inglaterra. Talvez em Londres encontrasse ocupação que o levasse a esquecer. Mas Ricardo havia novamente deixado o reino e o príncipe João, o regente, não tolerava Robin. Recebeu de má sombra o pedido de ocupação absorvente que o antigo bandoleiro lhe fez.

— Voltai à floresta — foi a fria resposta — e continuai na matança dos veados do rei. Se fizerdes isso, é muito provável que, ao voltar, o rei Ricardo vos faça primeiro-ministro.

A ironia calou fundo no coração de Robin. Não conteve um assomo de cólera. Respondeu com insolência. O regente fê-lo encarcerar na Torre.

Semanas depois foi arrancado de lá pelo fiel Stuteley e seus arqueiros, fugindo todos da cidade para a Floresta de Sherwood. Ressoou de novo a buzina famosa — e o som querido fez com que viessem, como arrastados por misteriosa força, os antigos companheiros que o rei transformara em guardas florestais. A ideia era viverem ali em liberdade, sem ofensa a ninguém, até que Ricardo voltasse.

Mas o Rei Ricardo não voltou. Começou a correr a notícia de sua morte em terras estranhas, o que faria o trono caber de direito ao príncipe João. A confirmação dos rumores quem a trouxe um dia foi João Pequeno. Ao ver aproximar-se o xerife, Robin encaminhou-se para ele, de braços abertos, dizendo:

— Vens prender-me.

— Não vim como xerife de Nottingham — disse ele. — Já não o sou. O novo rei — pois Ricardo morreu lá fora — demitiu-me, e um ex-xerife da minha marca só tem um lugar no mundo: aqui.

Os bandoleiros saudaram com burras a adesão daquele precioso elemento.

Mas o novo rei contra eles lançou tantas expedições punitivas que Robin teve de refugiar-se na Floresta de Derbyshire, perto de Haddon Hall.

Ainda hoje se veem as ruínas do castelo onde, durante

todo o ano, Robin resistiu aos ataques do rei. Tão séria foi de fato a resistência que o rei abandonou a perseguição.

Numa das últimas surtidas, porém, Robin foi ferido. Parecia ferimento mínimo, dos que saram depressa, e de fato sarou depressa — mas inoculara-lhe no organismo um veneno qualquer. A partir daquele dia, Robin entrou a definhar.

Certo dia em que saíra a cavalo, nas vizinhanças da Abadia de Kirkless, atacou-o a congestão. A custo se manteve na sela. Apeou e encaminhou-se para a abadia.

— Quem bate? — indagou a abadessa. E vendo que era um homem: "Bem sabe que aos homens não é permitido o ingresso neste convento de freiras".

— Abra, pelo amor de Deus! Abadessa, implorou o doente. — Sou Robin Hood.

Ao ouvir o nome de Robin Hood, a freira recuou; depois que voltou a si do assombro, ergueu a tranca da porta, admitindo-o. Fê-lo deitar-se, desabotoou-lhe a gola, banhou-lhe o rosto com água fria. Robin entrara em desmaio. Ao vê-lo voltar a si, a freira sugeriu:

— O remédio é uma sangria. Vou buscar lanceta.

Robin foi sangrado fundo na veia. O muito sangue que perdeu o deixou fraquíssimo.

Há dúvidas neste ponto. Uns querem que a freira procedesse lealmente; outros que tenha agido de má-fé, pois não era outra senão a própria filha do xerife, que afinal se vingava de quem a havia humilhado.

Robin não teve forças para levantar-se. Ali foi deixado ao abandono. Chamava; ninguém lhe respondia. Olhou para a janela por onde se entrevia um retângulo verde da floresta. Poderia escapar por ali — mas como, se com o sangue lhe fora a energia necessária para erguer-se do grabato. Lembrou-se da buzina. Levou-a aos lábios desmaiados e pela última vez soprou.

João Pequeno, que andava não muito longe, ouviu aquele som e correu-lhe na direção. Mas com um pressentimento n'alma, pois nunca ouvira soar tão debilmente a buzina de Robin.

— Desgraça! Desgraça! — vinha murmurando consigo. — Robin deve estar na agonia. Mal tem forças para os três sons.

Chegado à abadia, bateu freneticamente. Ninguém veio abrir. João Pequeno meteu ombros à porta; arrombou-a. Entrou qual rajada, em procura do chefe amado. Encontrou-o no fim.

— Ah, chefe! — exclamou João Pequeno com o coração constrangido. — Vejo que foste vítima de traição! Se é assim, permite-me uma coisa, eu o imploro!

— Que é?

— Pôr fogo a esta abadia e assar todas as freiras.

— Não, meu bom camarada — respondeu Robin com suavidade. — Cristo manda perdoarmos aos nossos inimigos. Além disso, bem sabes que nunca ofendi a uma mulher em toda a minha vida, nem a homem em companhia de mulher.

Disse e fechou os olhos, fazendo crer ao seu amigo que tudo se acabara. Lágrimas a fio correram dos olhos de João Pequeno. Robin, entretanto, ainda falou.

— Ergue-me um bocado, João — disse, a voz entrecortada. — Quero pela última vez respirar esse cheiro de natureza que entra pela janela.

E depois:

— Dá-me o arco... Ajuste nele uma seta... Vou lançá-la pela abertura. Onde cair, lá quero ser enterrado.

E com o resto da força que lhe restava despediu aquela última seta, já não contra o alvo-grinalda, e sim ao acaso. A seta foi cravar-se no tronco duma carvalheira distante.

— Adeus! Dize aos bravos camaradas que meu corpo dormirá onde haja caído minha última seta. E que meu arco fique sobre meu túmulo, com a corda bem esticada. As brisas tirarão dela sons agradáveis à minha alma.

Robin aquietou-se por uns momentos. Súbito, seus olhos brilharam. O mesmo olhar dos bons tempos na floresta. Sentou-se, num derradeiro esforço.

— Ah! Que lindo veado, Will!... Allan, tu nunca tiraste sons tão lindos de tua harpa!... Que luz aparece! Marian! És tu, Marian! Vejo-te novamente...

Sua cabeça pendeu. Seus olhos fecharam-se.

Cessara de existir o mais sincero e leal dos homens.

* * *

De Robin Hood morreu o corpo somente; seu espírito continuaria a viver através dos séculos nas imortais baladas memoradoras da liberdade e do cavalheirismo.

Enterrado foi no ponto que sua derradeira flecha marcou. Na pedra que João Pequeno ergueu ali, foram gravados estes dizeres:

> *AQUI JAZ O CORPO*
> *DE ROBIN HOOD,*
> *O MELHOR HOMEM*
> *QUE AINDA EXISTIU.*
> *CRIATURAS COMO ELE*
> *E SEUS CAMARADAS, A*
> *INGLATERRA JAMAIS VERÁ*

Impressão e Acabamento
Gráfica Oceano